La mort dans l'âme

© 2015 - Martine Lady Daigre
Edition: BoD - Books on Demand
12/14 rond-point des Champs Elysées, 75008 Paris
Imprimé par Books on Demand GmbH, Norderstedt, Allemagne
ISBN : 9782322042265
Dépôt légal: octobre 2015

Martine Lady Daigre

La mort dans l'âme

Du même auteur

Une vie de chien, Éditions BoD, 2 015

Neitmar, Éditions BoD, 2 015

Dans la plaine noire
Un petit pêcher rose
Fait à lui seul le printemps
René Maublan

I

Je perçois les parfums de terre mouillée.

Mercredi 31 décembre.
Pontarlier 21 h 15.
L'ordre avait été formel.

« Il vous faut trouver du fric, des thunes, du flouze, du blé. Vous utilisez le terme que vous voulez, je m'en moque. La seule chose préoccupante est qu'il faut faire vite. Les moyens pour y arriver, je m'en fous. C'est votre taf, pas le mien. Vous voulez faire partie de l'aventure, tel est le prix à payer, l'épreuve, le Saint Graal, comme disent les gens biens. »

Pierre Martin se souvenait de ce sourire ironique qui s'était affiché sur le visage buriné de l'homme. Il se souvenait de ces yeux noirs, de ce regard dur et glacial qui avaient transpercé son corps tout en lui offrant l'espérance qu'il attendait. Enfin quelqu'un qui l'avait encouragé dans sa démarche, qui mesurait la valeur de son intégrité, de son attachement aux convictions du groupe. Il se savait malhabile, gauche, hésitant, un tantinet pleutre et, pourtant, malgré ses défauts qu'il nommait handicaps, la force qui émanait du personnage rencontré au mois de septembre lui avait redonné confiance. D'ailleurs, n'avait-il pas prononcé les mots souverains avant de se quitter : « Sachez que l'organisation vous en sera reconnaissante et, grâce à vos actes de bravoure, nous avancerons ensemble, bâtissant la nation unie d'un monde juste. »

Les phrases magiques furent un baume guérisseur.

Elles martelaient inlassablement le cerveau du jeune homme qui s'habillait dans le noir, toutes lumières éteintes de la demeure familiale. Elles l'enrobaient d'une aura révélatrice. Il avait senti grandir l'appel qui l'autorisait à combattre des montagnes. Il allait vaincre ce qui le paralysait jusqu'à aujourd'hui. Il était devenu celui que la terre avait accouché. Il possédait la noblesse de cœur des chevaliers d'antan. Il serait le justicier de ce siècle.

L'adolescent, de 16 ans révolus, se rappelait, aussi, comme si c'était hier, les recommandations du chef envers le noyau des derniers arrivants.

« Vous ne devez pas attirer l'attention ». Comme il n'était pas très grand, voire même petit comparé aux gars de sa classe qui dépassaient le 1 m 80, cette taille lui était avantageuse ce soir. Son 1 m 72 l'avait complexé toute sa scolarité du primaire, il n'aurait jamais cru qu'elle l'avantagerait un jour.

« Vous devez vous fondre dans la masse jusqu'au jour fatidique que vous aurez choisi pour votre épreuve. Méfiez-vous de votre entourage. Surveillez vos connaissances autant que vos ennemis. Méfiez-vous de vos voisins, tous des langues de vipères qui crachent leurs venins à la moindre occasion. Ce sont des lâches qui n'hésitent pas à balancer des fadaises à la police pour se mettre en valeur. »

Raison pour laquelle il s'habillait dans l'obscurité, vêtements épars sur un lit en bataille, trahissant son agitation.

Prudence.

Ne pas être visible du voisinage.

Afin de justifier son refus à participer aux réjouissances du 31 décembre, le jeune homme avait donc raconté à sa famille et à ses copains qu'il était nauséeux depuis le matin, avec des maux de ventre, en sus, à vous tordre les boyaux dans tous les sens.

Son mensonge avait porté ses fruits au-delà de ses espérances. Plus que de convaincre, il avait fait l'effet d'une bombe auprès des siens. Il faut dire qu'il n'avait pas ménagé la cuvette des w.-c. pour faire croire aux inquisiteurs à un début de gastro-entérite qui serait miraculeusement guéri demain. Une tromperie facile à entretenir tout au long de la journée. Régulièrement, il s'était enfermé dans les toilettes. La profusion de magazines qui débordaient du porte-revues procurait des heures et des heures de lecture à tous ceux qui souhaitaient s'instruire. Un large choix pouvait cependant décourager le lecteur potentiel dans sa quête d'apprendre quelque chose de nouveau. Aller savoir pourquoi sa mère avait tenu particulièrement à satisfaire l'instruction de ses invités d'un jour.

À l'unanimité, Pierre Martin avait été fui comme la peste.

Résultat très positif. Il avait pu éviter le sempiternel réveillon, savourer cette solitude inespérée. Il était resté tranquille, peinard. Il avait pu s'isoler dans sa chambre dès la fin de la matinée. Il avait eu le loisir de peaufiner son plan d'attaque. Son heure de gloire était enfin venue. Il le pressentait.

Ils ne vont pas être déçus, les compatriotes, pensa-t-il, en continuant à s'affairer dans la pièce.

Il l'attendait avec impatience, ce jour J, comme d'autres attendaient les douze coups de minuit qui changeraient leurs quotidiens sous la baguette magique de la nouvelle année. Pour lui, la magie, ce fut l'électricité produite par sa rencontre avec le chef. Il avait fait sa connaissance au début de l'automne grâce à l'entremise de son copain, Charles Henri de la Boissière, fils unique d'une des relations professionnelles de sa mère. De trois ans son aîné, par ses belles manières et son look un tantinet bourgeois, cette progéniture de médecin généraliste et de mère au foyer enchantait son monde, avec un patronyme à particule de surcroît. Les traits de son caractère : ambitieux, consciencieux et désireux de plaire, s'opposait à ceux de l'adolescent : désinvolte, sournois et paresseux.

Quel bourge, ce Charles, qui s'encanaille avec le peuple, s'exclamat-il à haute voix. Un étudiant en fac de droit, en deuxième année, s'il vous plaît. Il réussira à être avocat, lui, et un grand, un de ceux qui se pavanent devant les caméras de télévision en costume cravate, la fierté de son connard de toubib. Et les parents qui n'ont rien compris dans cet univers de tarés. Le père passe son temps à faire des courbettes en ouvrant la porte de son taxi à des clients qui le toisent, et la mère s'échine à laver le cul des gens dans sa maison de retraite sans avoir d'autres prétentions que son dévouement. Pour les remerciements qu'ils en obtiennent tous les deux. Qu'ils aillent brûler en enfer avec leur savoir vivre et leur hypocrisie. Ne suis pas dupe, moi. Je ne cherche pas à gravir les échelons de la classe sociale selon leur genre. Il est obsolète le modèle. J'ai des ambitions qui sont au-dessus de leur valeur morale.

La chance lui avait donc souri un après-midi de septembre. Bientôt, il montrerait au monde qui il était réellement. En attendant, le groupe avait besoin d'argent pour mener à bien sa mission. C'était devenu vital aujourd'hui. Les prospectus glissés dans la boîte aux lettres, chaque semaine pour le rachat de métaux précieux, avaient fini par le convaincre. Un paiement immédiat en cash et sans rendez-vous. Une discrétion assurée et un bonus pécuniaire avec la présentation du flyer. Le chef serait content, il sifflerait d'admiration.

Il lui était inutile de se creuser les méninges, il savait où se procurer de l'or. Un lieu facile d'accès, dans un périmètre isolé, visité il y avait quelque temps déjà. La vente du métal serait importante, il en était persuadé.

21 h 25.

Il était presque prêt. Il lui restait encore à faire une chose indispensable.

D'un geste assuré, il enleva les trois gros classeurs gris alignés par ordre alphabétique sur l'étagère. Il les regarda en haussant les épaules. Cours d'hôtellerie en vue de décrocher un bac professionnel. Un avenir tracé qui remplirait une vie, selon les dires de ses enseignants.

Approbation parentale à 100 %.

Aucune objection mise à part la sienne.

Il les posa sur son bureau, à côté de son ordinateur portable. À la clarté lunaire, il déplaça lentement l'épais livre d'œnologie pour s'emparer d'un sac en velours bordeaux dissimulé derrière. Délicatement, il dénoua le lien qui dévoila un fourreau finement ciselé, cadeau de son nouvel ami et chef de bande, offert en guise d'intronisation. Il s'empara du poignard au manche d'os qui le renfermait. Il passa ses doigts sur le tranchant de la lame courbe en acier trempé, qu'il avait affûté la veille, lorsque ses vieux étaient sortis pour les préparatifs de la Saint Sylvestre. La jouissance qu'il ressentit en touchant l'objet exacerba sa motivation, bien supérieure à l'orgasme sexuel qu'il avait éprouvé avec ces femmes vulgaires, faciles, souvent mariées, des putes à deux balles qui s'envoyaient en l'air avec un jeune sous prétexte de lui apprendre l'expérience. L'expérience, lui, il l'avait acquise avec ses frères, d'un autre genre, de celle qui vous forgeait un homme, un vrai.

Terminer la brigade.

Fini les railleries inconsidérées.

Stop.

Fini les recettes à appliquer scrupuleusement. Sa recette à lui était bien réelle. Il allait la mijoter, la savourer, en apprécier les saveurs exquises, en extraire les sucs, la cuisiner à feu doux vers l'ascension finale.

Il ne lui restait plus qu'à revoir l'inventaire de son sac à dos : une hachette, des tournevis plats et cruciformes, un marteau, une pince, un chiffon, une clé à molette qui pourrait servir, une corde, une lampe de poche cylindrique et une barre de fer de 50 cm qui s'accordait à la perfection avec le pied-de-biche fabrication maison. L'atelier paternel regorgeait d'outils avec son établi et son étau.

Pour un chauffeur ringard, il est bien fourni, le père, lâcha l'adolescent. Le bric-à-brac du parfait cambrioleur, s'imagina-t-il, en proie à une hardiesse qu'il se découvrit.

L'arme blanche rejoignit l'outillage.

Il ne souhaita plus s'attarder.

Il enfila sa doudoune et attrapa ses gants de motard. Il lissa, par automatisme, ses cheveux châtains coupés en brosse sur le dessus de son crâne.

Pantalon en toile de jean d'importation américaine authentique, casque intégral et baskets. Il était bleu marine et noir de la tête aux pieds. Le reflet que lui renvoyait la glace de son armoire satisfaisait sa vision du camouflage. Il quitta la chambre.

Ses doigts cherchèrent la rampe. Il s'y cramponna pour ne point trébucher avec son barda, digne du fier soldat qu'il incarnait. Il descendit l'escalier en bois jusqu'à atteindre le feuillage du ficus de l'entrée censé accueillir la maisonnée et apporter de l'oxygène à l'air ambiant. Il s'interrogea, une fois de plus, quant à l'efficacité de la photosynthèse dans un endroit cloisonné comme celui-ci, sombre et exigu.

En rajustant sa tenue, il tourna à gauche, pénétrant dans la cuisine.

Il pouvait se repérer comme un félin dans la nuit. Il connaissait les obstacles qui auraient pu l'entraver pour avoir arpenté la pièce de façon méthodique quotidiennement. Il lui incombait toujours le rangement de la vaisselle et des denrées alimentaires après les repas. De ce fait, il était le dernier à quitter la table. Encore plus maintenant qu'il avait reçu en cadeau, pour Noël, sa tablette tactile. D'ailleurs, elle traînait sur le plan de travail, reluisant au clair de lune, d'un blanc laiteux, contrastant avec le carrelage en grès. Regrettant de devoir la délaisser, il ouvrit la porte de communication avec le garage et la referma aussitôt en la verrouillant.

Surtout ne pas être bruyant.

Il poussa la massive porte en chêne vers l'extérieur avec son pied droit tandis qu'il sortait son scooter tant bien que mal.

Putain ! Pas facile d'être un héros par les temps qui courent, tempêta-t-il. Je suis du mauvais côté. Je ne peux pas ouvrir en grand sans risquer d'être pris en flag. Eh, merde !

Des graviers crissèrent dans la cour mais la musique des voisins en couvrit le son, y compris celui du portillon en fer noir qui avait la fâcheuse tendance à grincer.

Personne en observation derrière les rideaux. À cette heure, chacun vaquait à ses occupations à l'intérieur des maisons du lotissement faiblement éclairées par les guirlandes clignotantes. Il discerna néanmoins des silhouettes en marchant à côté du vélomoteur. Prudent, il ne mettrait le moteur en route que sur la nationale. Il avait seulement 200 mètres à parcourir à la lueur des réverbères.

Malgré la température basse en cette soirée festive, il n'avait pas froid. Au contraire, des gouttes de sueur coulaient le long de son dos. Le pull-over était trop épais.

Merde, j'ai trop chaud. Je suis engoncé dans ces fringues, se plaignit-il en poussant.

Vingt minutes s'étaient écoulées. Il roulait maintenant à plein régime, le dos courbé vers l'avant, son sac coincé entre ses mollets. Il souriait à sa vie future, exposant sa mine radieuse à ces individus qui ne le connaissait point et qui allait, sous peu, apprendre à le connaître.

Vers Dommartin 22 h 05.

Pierre Martin avait déjà parcouru les trois quarts de la distance qui le séparait de son objectif. Les quelques personnes qu'il avait pu croiser aux feux tricolores avant de quitter la ville, n'avaient pas réussi à capter son attention. Son esprit était focalisé sur une pensée unique : réussir. Elle virait à l'obsession.

Les décorations communales lui procuraient une sensation de supériorité. Elles lui traçaient la voie. Elles étaient les lumières qui illuminaient son passage et le portaient aux nues.

Il se sentait plus fort, ce soir, beaucoup plus qu'il ne l'aurait imaginé. La haine qu'il éprouvait envers le monde occidental coulait dans ses veines et le nourrissait. Elle le sustentait à chaque minute et, particulièrement, maintenant.

Il approchait. Il comptait les virages. Il cherchait le panneau routier.

Un frisson d'impatience parcourut son corps.

Il avait hâte de prouver à sa nouvelle famille ses capacités de dur à cuire. Il voulait la surprendre. Il souhaitait suggérer l'admiration et la fierté des siens, contrairement à l'affirmation parentale qui lui serinait que, sans instruction et sans diplôme, il n'arriverait à rien dans la vie.

Comme s'il pouvait me forcer à bosser, mes vieux, dit-il en éclatant de rire dans le casque embué. Merde ! J'ai failli rater l'intersection. Ne fais pas le con, mec, les cons, ce sont les autres, ne l'oublie jamais !

Il s'en était persuadé. Les abrutis qui n'avaient pas su écouter la parole, c'était les autres, surtout pas lui. Lui, il avait pigé de suite les mots prononcés par le chef. Ils avaient été limpides comme de l'eau de roche, ces mots. Ils avaient résonné dans sa tête. Il les avait bus comme le petit-lait nourrissant l'enfant qui venait de naître. Et c'était bien une renaissance qui s'accomplirait dans quelques minutes.

En attendant l'instant propice, il gravissait le sentier. La pleine lune suffisait pour discerner le paysage. Phare éteint, moteur au ralenti, le scooter peinait à monter la côte. Il brinquebalait sur les cailloux et les mottes de terre aussi dures que la pierre. La température avait encore perdu quelques degrés.

Faudrait pas qu'il gèle, marmonna le jeune en tenant d'une main ferme le guidon.

Il repéra le chêne centenaire au détour d'un virage. Et, soudain, il la vit, égale à ses souvenirs. Au milieu de la clairière, elle se dressait avec la statue de la sainte coiffant la cheminée. Un muret l'entourant délimitait l'enclos. La chapelle Niai-Nion resplendissait au firmament, entourée par les épicéas centenaires et les hêtres au port altier.

C'est une sacrée aubaine qu'elle se situe en retrait de Dommartin. Ça me facilite la tâche, clama-t-il sans aucune retenue. Et la municipalité a amélioré l'accès depuis que nous sommes venus avec les vieux. Putain de veine que j'ai !

Il avança de quelques mètres vers ce parc miniature jusqu'à toucher les premières pierres de l'enceinte en partie recouvertes de mousse. Il arrêta le moteur vers une zone d'ombre. Sac à l'épaule, il l'adossa au mur humide.

Ne mets pas la béquille, mec. Marche à l'instinct, se persuada-t-il. Si tu dois filer en douce, un coup de pas de bol, faut prévoir, on est jamais trop prudent, ceinture et bretelle. Fais gaffe, Martin, ça, c'est de la parlotte à la Charles Henri. Tu vas glisser dans le langage châtié. Reprends-toi, mec, où les potes se foutront de ta gueule.

Il s'aventura pour une inspection minutieuse du bâtiment. Il eut vite fait le tour des mètres carrés. L'édifice était loin d'être volumineux avec ses trois ouvertures.

Il observa. Il respira l'odeur de l'humus.

Il entendit le hululement de la chouette Tengmalm, typique de la contrée.

Il leva la tête vers les fenêtres.

Trop hautes. Inaccessibles. Protégées du vandalisme par des barreaux de fer datant d'Érode.

Il opta pour la seule et unique entrée : une porte métallique attaquée par la rouille en de nombreux endroits dont la partie ajourée permettait, aux pèlerins de passage, de découvrir l'intérieur. Lampe de poche à la main, il regarda attentivement la serrure. Il n'était pas le premier à convoiter le butin. Quelqu'un avait tenté l'expérience avant lui. Il remarqua les traces de son prédécesseur qui avait commencé l'ouvrage. Il lui restait à terminer l'œuvre.

Ingénieuse idée le pied de biche et la barre, constata-t-il. La gâche a été forcée. Je n'ai plus qu'à l'agrandir. Trop fastoche !

Un grincement lugubre dans la nuit répondit à l'oiseau nocturne.

Il ramassa ses affaires et se faufila à l'intérieur.

Coup d'œil circulaire.

Sur le mur du fond, derrière l'autel en pierre, il distingua le blason. Il l'avait cherché dès son entrée dans la chapelle. Il était au milieu de la fresque. C'était bien celui que lui avait montré son père lors de leur dernière visite. Une chance que la famille ait été invitée, à l'époque, par l'association de Pontarlier pour la sauvegarde du patrimoine local. À sa droite, dans la niche, l'objet de ses désirs, oublié et poussiéreux, luisait aux rayons lunaires.

Il attrapa le reliquaire aux moult toiles d'araignées contenant un morceau de la couronne du Christ. Il l'entoura avec le chiffon emporté et l'enferma dans son bagage.

Inutile de s'attarder. Faut foutre le camp en vitesse, décida-t-il sur le champ. Dans moins d'une heure, je serais peinard ; les pieds en éventail, à jouer avec mon iPad, en attendant que les vieux rentrent à moitié bourrés. Le fiston idéal comme l'aristocrate, le Charles Henri. Tu parles, Charles !

Maintenant, active-toi les méninges, mec, il faut planquer ce truc. Je n'ai pas deux plombes pour y réfléchir.

Il enfourcha son bolide.

La descente s'accompagna de jurons envers la première neige de la saison.

Les flocons tourbillonnaient autour de lui. Ils s'accrochaient aux branches basses, s'attardaient sur les tiges des fougères et venaient tapisser, en douceur, les feuilles tombées à l'automne. Ils recouvraient les traces du voleur après son passage. Demain, le grand manteau blanc s'étendrait sur le vallon. Personne ne se rendrait compte de son vandalisme.

Tandis qu'il roulait prudemment sur la chaussée, approchant de son domicile, une idée perverse germa dans son cerveau. Un sourire cynique transfigura son visage. Il avait enfin trouvé la solution à son problème. Il allait ranger le butin dans une cache bénie des dieux.

Pontarlier 23 h 32.

Pierre Martin circulait, serein, dans la zone pavillonnaire.

Il réalisa en croisant le véhicule des Monterrand, les voisins de la zone

B, que la fête s'était invitée dans le lotissement pendant son absence.

Les gesticulations en ombre chinoise visibles par endroits attestaient des danses endiablées, flûtes de champagne à bout de bras. En l'espace de deux heures, la frénésie contagieuse s'était emparée des hommes, des femmes, des enfants et même des vieillards.

Vus à travers la visière.

Mépris envers cette faune qui s'amusait, vils animaux des temps modernes comme susurrait le chef. Tous des dépravés, affirmait son mentor. Ils ignoraient les conseils prodigués depuis des décennies.

Un fait devenu une affirmation, songea-t-il, devant chez lui.

Il se moquait, dorénavant, du bruit occasionné.

Il ouvrit, sans ménagement, portillon et garage, referma à clé d'un geste prompt. Motocyclette rangée à sa place habituelle, il fila directement dans son antre. Il se décida à allumer sa lampe de bureau jaune poussin, dans l'unique intention de signaler une présence.

Quelle déco à chier de la mère ! Bientôt, ce sera fini cet univers de merde avec ces papiers peints d'un bleu délavé et ces moulures couleur bleu marine, critiqua l'adolescent, d'une voix aigrie, adossé à la chaise orange sur roulettes. Terminé le « oui » maman et le « bien » père. Et si on me questionne sur l'obscurité de la piaule depuis deux heures, je raconterai que j'ai roupillé très longtemps, que j'ai attendu que le mal de ventre passe, que je n'ai pas osé bouger de peur de retourner aux chiottes. Faut pas me la faire, à moi. Le nouveau Pierre va leur montrer qui il est, à tous ces cons.

Rempli d'ardeur par ses propos, il extirpa de son sac le poignard. Il contempla, nostalgique, la lame effilée qui n'avait pas encore servi. L'espérance de son utilisation prochaine lui donna le courage de s'en séparer. Il repositionna son livre d'œnologie et les classeurs gris.

Invisibilité parfaite du précieux couteau.

Rester à accomplir la phase finale.

Ironie.

Les épines dormaient sur un coussin de velours bordeaux, semblable au sac de son arme blanche, tel un écrin de mort.

Putain, c'est pas vrai ! s'étonna-t-il. Les tissus sont identiques. C'est un signe prémonitoire, çà. Il avait raison le prof. L'histoire se répète souvent. Être tué pour ses idées, sauf que moi, je suis moins con. Je ne serais pas un martyre.

Il brandissait l'objet devant lui. Il le regardait d'une manière intense et interrogatrice.

Il le soupesa, tentant d'évaluer sa valeur marchande. Il fut fier de son initiative. Le tenant comme un trophée, il se dirigea vers le placard du couloir, proche de la salle de bains. C'était ici que sa mère rangeait les deux capelines qu'elle portait durant l'été. Les cartons qui languissaient le retour du printemps, trônaient au-dessus des housses en plastique renfermant les tenues vestimentaires des saisons suivantes. Ils seraient une cachette rassurante jusqu'à la reprise, vendredi, du travail de ses parents.

Patience. Patience.

Souriant, il descendit une des deux boîtes, prises au hasard. Il enleva le couvercle. Il plaça à l'intérieur la précieuse prise. Il écrasa le chapeau maternel récalcitrant qui tendait à se soulever. Il appuya de tout son poids.

C'est pour la bonne cause, pensa-t-il.

Théâtral et solennel, il referma le tout et abandonna l'arche improvisée.

Pleinement heureux d'un bonheur assouvi par sa besogne, il pouvait enfin jouir d'un repos bien mérité. Il pouvait s'adonner à son jeu favori sur son iPad.

À 0 h 01, Pierre Martin, affalé sur le canapé en cuir vert bouteille de style anglo-saxon, savourait une desperados, sa bière préférée. Tablette posée sur les genoux, il avait le sentiment profond d'avoir franchi un cap. Une nouvelle ère s'ouvrait devant lui.

II

Ébloui.
Soleil.
Je ferme les yeux.
J'écoute les chants.

Vendredi 2 janvier.
Pontarlier 8 h 10.
Deux jours d'attente sans maugréer.

Deux jours à jouer le fils modèle, attentionné, qui s'efforçait de satisfaire les désirs.

Deux jours à ronger son os dans son coin, à plaisanter lors des visites obligatoires du jour de l'an : « Bonne année, bonne santé ». Des mots qui s'échangeaient par habitude depuis des siècles, insipides et sans aucune couleur. Et lui, l'enfant chéri, avait rajouté dans son for intérieur : « j'explose cette société embourbée de corrompus. Tout va péter ! Il n'y a que ça de vrai ! ».

Deux jours à patienter pour voir poindre les enjeux de l'insurrection et celui de l'accomplissement.

Aujourd'hui était un énième jour illusoire, semblable à ceux qui s'étaient écoulés depuis le début des vacances. Il commençait toujours par la promesse idyllique de remettre à leur place toutes ces choses qui traînaient encore sur la table de la cuisine depuis 7 h 30 : les couverts et les tasses dans le lave-vaisselle, les céréales du père, les biscottes de la mère dans le placard de droite, surtout pas celui de gauche où régnaient en maître les conserves de toutes sortes, de la tomate en passant par les féculents, et, surtout, ne pas omettre le beurre dans le frigidaire avant qu'il ne s'étalât sur le formica gris et ne vint adhérer au pot de confiture maison de la grande tante.

Bon sang, que ce fut long, râla Pierre. Une heure trente depuis le réveil avant le baiser des lèvres maternelles.

Une mère, embrassant des joues innocentes, couvant le fruit de ses entrailles, partant tôt matin dans les brumes hivernales, lançant un « A ce soir » comme une certitude, à l'insu d'un plan diabolique.

Pourquoi est-elle, à chaque fois, la dernière à s'en aller ? s'impatienta le jeune homme. Il avait hâte de montrer aux autres ce dont il avait été capable. Il s'activa pour diminuer le désir qui envahissait son corps.

La comtoise du salon égrenait les secondes. Elle scanda, enfin, l'hymne de la délivrance : cette délivrance qui lui enserrait le cœur.

Il le sentait battre plus fort dans sa poitrine, cet organe, au fur et à mesure que le temps s'écoulait. Les veines de ses tempes s'étaient gonflées sous la pression sanguine. Il circulait vite, ce sang. Il bouillonnait et fracassait les préjugés comme les vagues sur les rochers des conventions. La tempête des contradictions faisait rage, ce matin, signe du tumulte qui l'habitait.

Flux reflux.

Positif négatif.

Pas encore l'heure bientôt.

9 h 08.

Top départ.

Il rejoua le film du réveillon à l'envers, sans omettre de redonner forme à la capeline écrasée pour les besoins de la circonstance. De son poing fermé, il tapa sur le fond du chapeau, décabossant la paille tressée. Il secoua les fleurs en tissu cousues sur le ruban rose, qui enserraient le galurin. Lorsqu'il jugea le résultat satisfaisant, il l'installa dans sa boîte.

Carton en place. Remise en ordre du placard.

Le reliquaire gisait maintenant à ses pieds. Ôté de son contexte religieux, il avait perdu de son aura. Il était devenu insignifiant, inutile, étrangement quelconque.

Et voilà ce vulgaire bout de métal qui va rapporter gros, s'esclaffa-t-il en le soulevant à la hauteur de ses pupilles. Quel pot j'ai eu ! Ça va faire un max de fric ! Trop cool ! Avec ce truc, j'obtiens une sacrée réputation dans le groupe. IL ne faut pas me la faire, à moi. Y en a marre des y a qu'à, l'action, il n'y a que ça de vrai. Il a raison le chef, une fois de plus. Faut agir partout et autant gerber en bas de chez soi. Allez, que je me casse vite fait de cette foutue baraque.

Porte qui claque.

Clé que l'on tourne.

Portail qui couine.

Nouvelles sensations.

Église Sainte Bénigne 10 h 00.

Parking.

Froidure matinale.

Pierre Martin cadenassa son scooter.

Le vent du nord décoiffait les passants et glaçait les os. La neige de mercredi avait fondu, formant des plaques de verglas sur les pavés.

Les bigotes du quartier n'avaient pas hésité à braver le danger, sûres d'avoir évalué le risque encouru. Pierre Martin les observa marcher à pas lents, les unes derrière les autres, comme des marionnettes tenues par le fil de la chute. Il s'amusa à pronostiquer le tiercé gagnant des vieilles pontilassiennes.

Tombera, tombera pas, chanta-t-il, avec cynisme.

Elles avaient le col relevé, emmitouflées dans leurs pelisses, transies par la température avoisinant les zéros degrés, luttant contre le souffle puissant d'Eole. Elles glissaient plus qu'elles ne marchaient, à l'image de ces pingouins sur la banquise, dépassant dans leurs efforts une Peugeot 106 rouge garée sur la place réservée aux handicapés, face au porche de l'église Sainte Bénigne.

Un homme, la trentaine, s'apprêtait à ouvrir la portière avant gauche. Pourtant, il se ravisa. La vitesse des grenouilles de bénitier lui ordonnait d'attendre. Dans le rétroviseur, il avait néanmoins visualisé son rendez-vous.

L'adolescent le cherchait. Il n'avait jamais vu sa voiture. Était-elle noire, blanche, grise ou d'une couleur neutre afin de ne point attirer l'attention ? Il ne savait pas. À sa grande surprise, il repéra l'homme quittant son véhicule à la teinte criarde pour venir à sa rencontre. Le chef avait la démarche nonchalante de celui qui déambule. Du pied droit, il envoya valdinguer un bloc de glace qui entravait sa route.

- Check, mon pote.

- Salut. Tu roules avec ça ? C'est une blague cette bagnole vermillon ? questionna Pierre Martin.

- Ne t'y fie pas. Je te pose une colle ? Où cacherais-tu un livre de valeur, par exemple ?

- Je n'en sais rien, moi. Je ne lis pas de toutes les façons. Une bande dessinée de temps en temps, et encore, je me force.

- Réfléchis. Se fondre dans la masse, le BABA, comme je te l'ai appris.

- Peut-être dans ma chambre, avec mes cours.

- Mieux, dans une bibliothèque, parmi les autres bouquins.

- Ouais, c'est pas faux ce que tu dis.

Merde alors, s'étonna le jeune homme. Il a souvent la bonne réponse.

- Bon, qu'est ce que tu avais de si important à me montrer ? lui demanda l'homme au blouson de cuir noir.

Pierre Martin entrouvrit son sac à dos et dévoila son butin.

- OK, vu. Ferme ça. Pas ici. Nous allons chez moi. Tu me suis.

Bombant leurs torses, ils s'éloignèrent de l'église à travers un dédale de rues, dépassant la place Crétin. Ensemble, ils franchirent le pont des chèvres qui enjambait le Doubs. Ils terminèrent leur course devant une bâtisse datant du XIXe siècle.

La maison affichait sa vétusté par la peinture marron écaillée de ses volets et celle grisâtre de sa façade. Point d'ascenseur pour les habitants, un luxe qu'elle ne pouvait s'offrir.

Le maître des lieux précéda l'élève dans l'ascension de l'escalier. Leurs pas s'ajustaient aux semelles boueuses des autres habitants. La serpillière ne devait pas être de rigueur dans la demeure transformée en plusieurs appartements. Une contremarche était cassée. Le jeune homme buta dessus.

Pas étonnant, constata Pierre.

Il ne fallait pas s'étonner de l'insalubrité qui transpirait des murs, contraste évident avec son home à lui.

L'intérieur du studio était loin d'être cossu. Des meubles rafistolés penchaient dangereusement sous le poids de leurs charges. Ils ne demandaient qu'à s'écrouler. On aurait cru une vie en transit. Une assiette sale et un plat garni d'un reste de pizza avaient été abandonnés sur le sol. Un tapis oriental, proche de la fenêtre poussiéreuse, procurait à l'ensemble une touche d'exotisme.

- Assieds-toi sur le divan. Excuse, je n'ai pas eu le courage de faire le ménage ce matin. J'ai fini tard à la brasserie. Plus de monde qu'à l'ordinaire. Vas-y, montre-moi ta trouvaille.

L'adolescent ne se le fit pas répéter deux fois. Il exhiba fièrement le reliquaire. L'homme soupesa, gratta la surface et jeta violemment contre le mur en face d'eux ce qu'il avait tenu dans sa main la seconde d'avant.

- Tu m'as fait venir pour ça ! Cette chose ne vaut pas un clou ! C'est du toc !

- Ce n'est pas de l'or ?

- Idiot. Ton métal précieux, c'est du laiton, pas même du bronze qui aurait eu une valeur marchande pour le négoce. Je te croyais plus malin que les autres de la bande. Tu ne vaux pas mieux que cette poignée d'abrutis que je tente d'aguerrir. Tu peux remballer. Débarrasse-moi le plancher. Fous le camp.

Pierre Martin, abasourdi, contempla, impuissant, ses espoirs de grandeur anéantis. À cette minute, son corps fut une coquille vide, vide des rêves brisés. La partie était jouée : échec et mat. Il avait eu l'audace d'y croire. Son orgueil s'émiettait comme le verre cassé en de nombreux morceaux. Déjà, il s'était levé pour les ramasser. Il ne comprenait pas cette réaction imprévisible.

Déçu, je l'ai déçu, pensa-t-il. Comment regagner ses faveurs, maintenant ? Il me considère comme un moins que rien. Je n'ai plus aucune valeur à ses yeux. Je suis devenu de la merde. Je ne suis pas un chien, ni un cul-terreux, quand même ?

Il s'agenouilla, vaincu par les propos virulents.

Il déglutissait sa fierté. Elle lui râpait le gosier, l'écorchait au passage. Égratigné par les injures, ignoré et délaissé, il pansait ses blessures en essayant de remboîter le reliquaire explosé. Quelque chose de beige coinçait le système.

Aux premiers abords, il crut à un morceau de tissu mais, en y regardant de plus près, il s'aperçut qu'il n'en était rien. Il tira dessus lentement.

- Mais qu'est-ce que tu fous encore chez moi ? Je t'ai dit de t'en aller. J'ai à faire, vociféra le chef dans le vide.

Pierre Martin n'entendit pas, tout à sa délicatesse. Il ignora l'homme, absorbé par sa découverte. Il déplia lentement une feuille jaunie. Ce qu'il lut, il le déchiffra avec peine.

- Qu'est-ce que tu tiens ? Fais-moi voir ça, lui gueula son chef d'une rage non contenue.

- Faut faire attention, ça a l'air vieux, je crois.

- Où c'était ?

- Sous le tissu bordeaux des épines.

- Montre-moi.

- Là, ici. C'est sorti quand le truc s'est ouvert en tombant.

- Une cachette bien pensée. Où as-tu volé l'objet ?

- À côté de Dommartin.

- Donne.

Pierre Martin consentit à lâcher le parchemin qu'il gardait contre sa poitrine en un geste protecteur.

L'attitude de son mentor à son égard s'était radoucie. Aux traits détendus de sa figure, il venait de marquer un point.

- Tu as de la chance, mon gars. Ce bout de papier change la donne. La pénitence autorise le péché, quel qu'il soit. Bienvenue dans notre monde. Tu as réussi. Il nous reste à concrétiser. On va élaborer un plan d'attaque. Je dois passer quelques coups de fil. Cette feuille, c'est de la dynamite.

- T'as pu la lire ?

- C'est du vieux français, mais j'ai compris l'essentiel. Si ce que je pense se réalise, le monde va changer. Tu peux t'en aller, je te tiens au courant pour la suite à venir, lui annonça l'homme apaisé.

- Je veux en être. Je n'aime pas être inactif. Je ne suis pas un spectateur.

- Tu en seras. Le chemin vers la gloire est devant nous.

La fascination du mystère aviva la curiosité de l'adolescent. Il comprenait qu'il avait acquis de l'importance au sein du groupe. À regret, il quitta les lieux pour récupérer son scooter et rentrer chez lui.

Revigoré.

Vivant.

Demain, bientôt, un jour prochain, il porterait les coups à l'adversaire.

III

Je vois le bleu qui se penche vers moi.

Le blanc l'accompagne.

Le paysage défile.

Je connais l'endroit.

Je suis bien.

Samedi 3 janvier.

Pontarlier 17 h 00.

Pierre Martin lisait le SMS qu'il venait de recevoir sur son smartphone.

Garder son calme.

Refréner la pulsion du départ.

- Je sors.

- Encore ! s'emporta Madame Martin en préparant le dîner. Ne rentre pas trop tard. Nous n'avons plus une seule soirée en famille le week-end. Tu es toujours dehors. Pour une fois que j'ai la chance de travailler le matin pendant tes vacances scolaires. Ce n'est pas souvent le cas. Tu pourrais, au moins, daigner rester avec nous cette soirée.

- Je ne serais pas long, man. Je rentrerai avant 20 h 00, comme ça, on pourra regarder un film. Tu n'as qu'à choisir sur le Web. Vois avec le père ou un DVD, cela m'est égal. Comme tu préfères, man.

- Très bien, nous t'attendrons avec papa pour le souper.

Le fils contempla la femme à l'allure encore jeune pour ses 46 ans. Elle était dynamique au milieu de ses casseroles, la mère. Il eut du mal à se l'imaginer tomber amoureuse d'un homme ventripotent âgé de 48 ans. Le père, il avait la calvitie précoce des hommes de son âge, les tempes grises et le front marqué par des rides d'expression survenues l'an passé. La fatigue se lisait sur ses traits lorsqu'il regagnait son foyer, souvent tard, trop tard pour le mérite qu'il en résultait, jugeait Pierre. N'empêche

qu'il envisageait sa future vie sans eux. L'oiseau quittait le nid.

Je vais prendre mon envol pour des contrées lointaines et c'est tant mieux, pensa-t-il.

Madame Martin surveilla son enfant jusqu'à ce qu'il eût disparu de son champ de vision. La lumière spectrale diffusée par les réverbères nimbait le vélomoteur et son conducteur. Elle frissonna.

Ma superstition puérile me joue des tours, songea-t-elle. Que peut-il lui arriver ? C'est un garçon prudent et raisonnable. J'ai confiance en lui.

Confiant, il l'était.

Il slaloma, fit cabrer le scooter et remonta la file de voitures jusqu'au feu rouge.

Il était invincible.

17 h 30.

Terminus.

Chaîne et cadenas pour un antivol inviolable.

Un code convenu. Trois coups répétés sur la porte : un sourd, deux brefs.

Un pas lourd répondit au signal. Il entendit, à travers la cloison, une chaise que l'on tirait plus qu'on ne la portait. Elle raclait le sol, il en était persuadé.

Lorsqu'il entra, il vit la traînée qu'elle avait laissée sur le plancher. L'empreinte ressemblait à une longue ligne grise. Elle confirmait la crasse qu'il avait ressentie hier.

Attentif aux moindres détails, il inspecta le mobilier. Des photos vieillies du bled de son mentor, du moins le supposa-t-il, étaient posées négligemment sur une commode bon marché. La famille, qu'il s'attardait à regarder, transpirait une enfance de sacrifices, reflétant la condition précaire de l'homme actuel. Le besoin de s'affirmer, de conquérir une société qui l'avait ignoré, avait forgé la personnalité du locataire aux nombreuses déceptions. Des revues aux paysages paradisiaques s'étaient accumulées sur un tabouret en plastique qui devait aussi faire office de table basse, à l'occasion. Rien de superflu, juste l'essentiel pour survivre, de la cuisine au petit salon qui jouxtait le cagibi en guise d'entrée. Il supposa que la chambre et la salle d'eau avaient une décoration similaire.

Assis sur un pouf, il suivit des yeux l'instigateur de la cause qui marchait de long en large à travers le deux-pièces. Préoccupé, il ne prêtait guère attention au gamin. Son anxiété grandissait tellement à chaque enjambée qu'elle en devenait palpable. Un silence pesant s'était installé depuis l'arrivée du gosse.

Mais qu'est-ce qu'il fout ? se demanda Pierre. Pourquoi on ne part pas maintenant ? Il me fait venir et on plante racines dans ce trou à rats. C'est du grand n'importe quoi.

Pierre Martin se décida, jugeant qu'il avait suffisamment patienté, à engager la conversation. Un zeste de désinvolture pour une question cruciale.

- On va où ?

- T'inquiètes. J'assure, lui répondit le chef. On va prendre ma voiture. La prudence est de rigueur. On n'en a pas pour long, une dizaine de minutes, au plus, en bagnole. Tu as pris ce que je t'ai réclamé ?

- Ouais, sûr que je ne l'ai pas oublié. Je l'ai même affûté encore ce matin.

- Parfait. Tu es un bon gars. On peut compter sur toi, n'est-ce pas ?

- Puisque je te l'ai promis, il n'y a pas à revenir là-dessus. Je n'ai qu'une parole, moi.

- Bon. On va s'y rendre. C'est bientôt l'heure. Je garde le papier sur moi. Tu es d'accord ?

- Ouais, ouais, pas de problème.

- OK, on file. Je suis parqué en bas, face à la baraque. Passe devant, je ferme la piaule.

Pierre Martin descendit et attendit sagement sur le trottoir.

Il neigeait de nouveau, de petits flocons qui mourraient sur l'asphalte, rendant la chaussée humide. Décidément, l'hiver était paresseux cette année. Il lui semblait que l'automne s'éternisait. Seule la température extérieure asseyait la saison et réfrigérait les capots des automobiles alignées en file indienne. Il n'y avait que son chef qui ne ressentait pas la baisse des degrés Celsius avec son éternel blouson de cuir noir inapproprié et ses gants assortis. En revanche, l'homme n'avait pas lésiné sur la dépense pour se chausser, si on la comparait à la tenue vestimentaire usée et à la pauvreté de l'ameublement. Des bottines montantes de marque Doc Martens enserraient son jean jusqu'aux mollets.

- Putain, la classe ! s'ébahit le jeune. Mes vieux ne veulent pas m'en acheter une paire. Trop cher, qu'ils disent.

- Il faut ce qu'il faut.

- Ouais, mais quand même, elles sont cool.

- Tu parles trop. Concentre-toi et grimpe dans le carrosse.

- Ça va, je la ferme.

- Garde ta pelure, le chauffage est inefficace. Et, surtout, tais-toi. J'ai besoin de visualiser la scène. Quand on imagine à l'avance ce qui va se passer, on est moins pris au dépourvu si ça merde. Les détails, il faut les préparer.

Pierre Martin se tassa sur son siège passager. Il essaya de devenir transparent pendant le trajet. Il scruta l'horizon à travers le pare-brise. Entre deux coups d'essuie-glace, il tenta d'apercevoir quelque chose à travers la purée de poix. Heureusement qu'il avait pu repérer le panneau indicateur avant la sortie de la ville.

Le chef roulait sur la départementale 437 qui allait vers Montbenoît, à la vitesse réglementée, sans excès, ce qui ne surprenait guère l'adolescent. À l'entrée de Doubs, il se dirigea vers l'église. Il ralentit et leva les yeux vers le clocher en pointe.

L'horloge marquait 18 h 20.

- Correct. On est à l'heure. Tu vois une place de libre ?

- Pas de mon côté.

- Je vais tourner autour du parking et dans les rues adjacentes. Si tu en repères une, tu me la signales.

Dans une voie parallèle à l'édifice, la chance leur sourit. Ils purent se garer.

- On attend la fin de la messe et on bougera dès que les cloches auront fini de sonner. Tu ouvres la boîte à gants et tu prends ce qu'il y a dedans.

- Le sac en plastique du Monoprix ?

- C'est ça. Une pour toi et une pour moi.

- Je la mets ?

- Tu es con ou quoi ? Tu veux nous faire repérer. Tu la ranges dans ta poche et tu prends aussi ton arme.

- Je laisse mon sac à dos ?

- Tu es vraiment un novice, mon gars. Comment veux-tu être à l'aise dans tes mouvements si tu t'encombres ? Tu dois rester agile, souple comme le serpent qui étouffe sa proie.

- Et toi ?

- Je te seconderai si jamais tu ne t'en sortais pas. Mais tu t'en sortiras, non ?

- Ouais.

- On ne devra pas s'attarder. Tu t'en doutes un peu, non ?

- Ouais.

- Bien. Nous sommes donc d'accord sur ce point. Maintenant, je t'explique comment nous allons procéder.

Pierre Martin écouta attentivement les consignes.

Il buvait les paroles. Le plan était simple. Les vitres s'embuaient par la condensation de leurs corps.

18 h 40.

Le signal.

Les deux complices se mêlèrent aux fidèles qui quittaient le saint lieu. Ils firent quelques pas et stoppèrent sous un porche.

Le chef alluma une cigarette pour se donner une contenance. Son bout incandescent consumait son humeur dans la pénombre. Le rouge brilla un instant. Il considérait l'attente comme une nécessité. Soudain, il repéra le vieillard.

- L'information était juste. Nous le suivons.

L'empreinte des bottes dans la neige facilitait la tâche de nos deux poursuivants. Trop occupé à vouloir rentrer chez lui, le prêtre, âgé de 80 ans, avançait le corps incliné, bravant les frimas. L'ourlet de sa soutane se mouillait en effleurant le bitume. Raccommodée et décousue sur quelques centimètres, elle accusait l'état miséreux du vieil homme, lequel secouait efficacement la neige qui s'accrochait à l'habit.

Lorsqu'il eut atteint le seuil du presbytère, il remarqua enfin la présence de deux jeunes gens, non loin de lui, qu'il ne connaissait pas. À son âge, que risquait-on ?

Il engagea la clé dans la serrure. Au moment où le pêne fut libéré, il se sentit poussé vers l'intérieur de son logis. Deux bras vigoureux l'entraînèrent dans le couloir. Il glissa, trébucha et bouscula le guéridon sur lequel il posait d'habitude son courrier.

- Viens par là, toi, lui somma le chef.

Incrédule, le serviteur de Dieu regarda le personnage cagoulé qui se tenait devant lui.

Seigneur, que me demandes-tu ? réalisa-t-il en une fraction de seconde.

Une haine mêlée d'indifférence habitait le regard menaçant qui lui faisait face.

Un autre personnage s'anima sur sa droite.

Pierre Martin brassait l'air avec son poignard. Le vieil homme commençait à comprendre qu'ils en voulaient à son argent. Des junkies, reconnut-il, mais un doute subsistait. Leurs vêtements ne correspondaient pas à ceux qu'il fréquentait d'ordinaire. Trop propres, trop nets.

- Qu'est-ce que vous me voulez ? leur demanda-t-il d'une voix tremblante. Mes économies sont dans le tiroir du buffet, derrière vous.

Le chef éclata d'un rire diabolique.

- Tu nous prends pour des drogués ou quoi ? Lis plutôt ceci, curé, lui rétorqua le chef en brandissant le parchemin.

Désarroi.

Alarmant.

L'octogénaire tendit la main en un geste implorant.

- Tu ne crois quand même pas que je vais te le donner. Tu nous racontes ce qu'on veut savoir.

- Jamais.

- Fais gaffe, le cureton, où tu vas gagner ton paradis plus vite que prévu.

- La voie du Seigneur, lui répondit-il laconiquement, en levant les yeux vers le ciel.

- Si c'est ton désir, j'accède à ton souhait. Vas-y, ordonna le chef en se penchant vers son comparse. Amuse-toi avec lui.

L'adolescent recula, en proie à l'incompréhension. Les sous-entendus des conseils avisés étaient devenus une réalité.

Condition implicite.

Il se pétrifia sur place.

- Alors, tu bouges mec ? cria son mentor.

Réaction négative.

Il était statufié. Ses membres avaient été changés en pierre. Il avait l'impression d'avoir les baskets incrustées dans le carrelage. Il n'avait pas envisagé cet angle du contrat. L'action ne se déroulait pas comme prévu, cela n'était pas convenu ou, alors, il n'avait rien compris au plan.

Il lâcha le couteau qui rebondit sur le sol avec un son métallique.

- Imbécile. ! Bon à rien ! Petit connard ! hurla le chef en s'emparant de l'arme blanche, le faciès ravagé par l'excès de méchanceté. Tu n'es même pas bon à endosser le costume d'un subalterne. Inefficace dans l'exécution d'un ordre, un incapable, voilà ce que tu es.

Le prêtre comprit immédiatement la détermination de l'autre.

Celui-ci dardait vers lui un de ces regards d'acier qui vous faisait regretter d'avoir été mis au monde. Il jubilait Il rayonnait dans sa froideur implacable.

À peine le curé ressentit-il, au début, la douleur au ventre, lorsque la lame transperça les habits sacerdotaux. La main tourna le manche. Le vieillard s'effondra sur les tomettes cirées de frais. L'odeur d'huile de lin mélangée à celle de la térébenthine satura ses cellules olfactives. Lui revinrent en mémoire les chants que la bonne fredonnait en astiquant le parquet en chêne. Il ne s'était pas rendu compte, jusqu'à présent, comme cette tâche si humble et si ingrate, apportait une couleur d'ancienneté dans son appartement. C'était elle qui accomplissait cette sensation d'un bonheur paisible, madeleine proustienne de son enfance, souvenirs des vacances auprès de sa grand-mère préférée. Et le voilà maintenant qui gisait parmi les effluves environnants. Il y en avait un qui dominait, plus âcre que les autres. Il s'aperçut que l'odeur émanait de lui, de cette plaie que son agresseur agrandissait en un plaisir sadique.

Seigneur, aurais-je la force ? supplia-t-il. Je ne suis pas aussi courageux que toi. Je n'ai pas l'étoffe d'un martyre. Je ne suis que ton fidèle serviteur mais la fidélité a ses limites. Rappelle-moi auprès de toi avant de faillir à ma promesse, réclama-t-il. Épargne-moi ce supplice, je t'en pris. Exauce ma prière, Seigneur, viens à mon secours. Ta brebis s'égare. Elle se perd dans le désert de ses faiblesses. Ma vocation s'effiloche autant que ma raison avec ce que j'endure. Je ne tiendrai pas longtemps.

Souffrance aiguë.

- Dis-moi où il est si tu ne veux pas crever, demanda impérativement l'opiniâtre individu.

Difficilement acceptable, la torture continuait. Les lèvres restaient closes. La bouche se taisait. La chair gémissait. L'acier fouillait les entrailles jusqu'au tréfonds de l'âme. Le métal s'enfonçait dans l'abîme du supportable. Il sortait et rentrait dans les viscères, découpait le derme et la graisse au passage. Le cruel ballet semblait ne jamais finir.

Le prêtre n'arrivait plus à localiser la douleur. Elle était une et partout à la fois, envahissante et tenace. Elle irradiait dans ses os, ses muscles, son cœur.

Il défaillit et aspira à perdre conscience. Il ferma les paupières et s'abandonna à son destin.

« Si telle est ta volonté » furent les derniers mots qu'il expulsa en un souffle rauque avant de s'asseoir aux côtés d'Hadès, refusant l'instinct de survie.

Exaspéré par tant d'endurance, le poignard trancha d'un coup sec la gorge du sacrifié.

Médusé, Pierre Martin comprit que le vieil homme était passé du royaume des vivants à celui des morts, sans que le chef lui ait offert l'opportunité d'exhaler un ultime souhait. Son regard s'attarda dans la contemplation de la marque dessinée sur le corps sans vie.

- Qu'est-ce que tu croyais ? Qu'on allait à une fête ! Ça, c'est "pinuts" par rapport à ce que tu assisteras dans le pays. Faut chercher ce pourquoi on est venu. Dépêchons-nous de trouver des photographies, des lettres, tout ce qu'il a pu amasser, avant que quelqu'un ne se pointe, ordonna le chef en essuyant la lame sanguinolente sur la soutane. Avec les cathos, on peut s'attendre à les voir débarquer pour la répétition dominicale à n'importe quels moments.

- Il y a un rosaire accroché à cette armoire. Il penche bizarrement. On dirait qu'il désigne quelque chose, comme une direction.

- Regarde dedans. Tu as quoi ?

- Des boîtes d'archives.

- Tu en ouvres une. Qu'est-ce que tu as ?

- Des photos de bonnes sœurs et de curés.

- Quoi d'autres ?

- Des cartes postales, des papiers. On dirait une correspondance.

- J'arrive.

Tri rapide pour une certitude.

Satisfait, le chef jeta le contenu du carton dans un sac en toile récupéré dans la poche intérieure de son blouson.

- On s'arrache. Ne marche pas dans la flaque de sang. Enlève ta cagoule et ressaisis-toi.

Dehors, l'adolescent se mit à vomir sa crédulité et la démesure du geste auquel il avait assisté malgré lui.

Il vacilla. Il réalisa, soudain, ce qu'il avait vécu.

Sur le retour, il s'inquiéta quant à la mission du groupe. Voler, passe encore, mais tuer… Il se réconforta en jugeant sa faiblesse. Il n'avait pas eu le courage de l'acte, il n'avait pas eu le cran, il n'était pas prêt, il avait les mains propres.

- Par ta faute, nous aurions pu échouer, signala le chef. Si l'expédition avait été un fiasco, j'aurais dû rendre des comptes aux supérieurs. Tu as encore eu de la chance avec le chapelet. Ce foutu curé n'était pas très malin. Il devait vouloir se souvenir, sinon, pourquoi garder chez soi des preuves aussi tangibles ?

- Je ne sais pas ce que tu cherches.

- C'est mieux pour toi, pour l'instant.

- De toutes les manières, je n'ai rien fait. C'est toi qui l'as zigouillé.

- Détrompe-toi, mon gars. Tu es complice et ne t'avises pas à me doubler, je le saurais.

- Tu n'avais pas dit qu'on truciderait quelqu'un.

- Et le poignard ? Tu crois que je te l'ai offert pour enjoliver ta chambre. Encore heureux que je l'ai ramassé. Tu n'y avais même pas songé. Quel naze tu fais.

- Tu peux me traiter de tous les noms, cela n'empêche que j'ai pas versé le sang, moi.

- Ne te réjouis pas si tôt. Tu es mouillé jusqu'au cou. C'était le deal, l'aurais-tu oublié ? Monte sur ton cyclo. Tu prends ton casque dans le coffre avec ton sac à dos. Je garde le poignard. Ça ira mieux demain. Détends-toi, tu es sous le choc. C'est toujours comme ça la première fois. Tu avais gardé tes gants, comme quoi tu n'es pas si con.

- Ouais, heureusement. Y'aura pas mes empreintes.

- Ni les miennes. On s'appelle.

Pierre Martin ne rétorqua pas, il n'en avait plus la force. Les événements qui venaient de se dérouler l'avaient épuisé. Il était anéanti. Il mit le moteur en marche et partit.

Faire attention aux bagnoles et aux feux.

Vigilance aux passages piétons.

Respecter scrupuleusement le code de la route.

Putain, pas les condés, pas les condés, se répéta-t-il en boucle jusque chez lui.

Pontarlier 19 h 50.

Un scooter dans un lotissement.

Une mère qui accueillit son enfant toutes paumes tendues.

- Pierre, te voilà. C'est gentil d'être ponctuel.

- Je t'avais dit que je serais rentré avant 20 heures, man. Je vais me doucher, j'ai froid.

Ce n'était pas un pieux mensonge. Il tremblait comme une feuille dans les bourrasques d'automne.

- C'est vrai que tu es pâle. Je vais mettre le couvert. Ne tarde pas trop.

- Non, man.

Les images se succédaient indéfiniment. Elles défilaient dans son cerveau tel un mauvais film colorisé de pourpre. Elles s'incrustaient malgré l'eau chaude qui tentait de laver le péché commis.

Meurtre.

Crime.

Châtiment.

Les pensées de Pierre Martin s'embourbaient dans la fange. Se mélangeaient le dégoût et l'horreur de la scène. Il niait sa culpabilité et pourtant...

La ruelle était-elle déserte ? Il n'arrivait pas à s'en souvenir. Peu probable qu'il y eut des témoins oculaires, seulement, les flocons qui dansaient offraient l'envie de les regarder recouvrir les toits. Le ciel était si bas qu'il semblait vouloir écraser les espèces régnant sur la terre.

Il n'arrivait plus à contrôler sa matière grise. Elle fonctionnait en ordre illogique, suivant une ligne brisée qui ramenait ses pensées vers le mort. Il avait tenu le poignard à mains nues lorsqu'il l'avait rangé dans son sac alors que le chef portait constamment ses gants de cuir. Pas une seule fois, il ne les avait ôtés. Il ne pouvait qu'espérer qu'il le fasse en arrivant chez lui pour ne pas être compromis dans le cas d'une arrestation. L'hypothèse était faible, néanmoins, il devait s'accrocher à cette idée pour ne pas faiblir, tel un noyé à sa planche de salut.

Eh merde ! fulmina-t-il.

Une lamentation déchira son corps. Elle répondit, en écho, au bruit de l'eau giclant de la douchette.

L'idolâtrie envers le chef était en train de se fissurer.

IV

J'entends les cloches.

J'aime le contact froid de la pierre.

Elles me sourient.

Dimanche 4 janvier.
Pontarlier 8 h 30.
Réveil difficile.

La nuit avait été fort courte. Rester en mémoire, images indélébiles, une seule chose : les cauchemars relayant d'autres cauchemars. La taie d'oreiller sur laquelle reposaient les cheveux poisseux, était inondée de sueur nocturne. Sa peau était moite. Pierre Martin avait transpiré de peur une bonne partie de la nuit. Se convaincre que l'on n'avait pas peur, ne supprimait pas la peur. Au contraire, il avait revécu la triste expérience de la veille de nombreuse fois. À ses dépens, il avait enduré la scène durant les longues minutes à rester éveillé, dans l'impossibilité d'effacer les images de sa mémoire.

Il peinait à se lever, ce matin. Ses jambes ne le soutenaient guère.

Lorsqu'il se vit dans le miroir au-dessus du lavabo, ses yeux hagards aux paupières gonflées certifiaient qu'il avait pleuré comme un bébé. Il affichait un visage qu'il détestait : celui d'un pleurnichard. De plus, les cernes trahissaient son insomnie. Elles accentuaient le teint blafard. Un mauve verdâtre maquillait son visage, masque de carnaval grotesque en harmonie avec le carrelage de la salle de bains.

Merde, je ne suis pas un mioche ! dit-il en se ressaisissant. De l'eau glacée sur le corps, voilà ce qu'il me faut. Après, ça ira mieux. Et j'irai à la messe, au moins, je saurais les nouvelles. Elle va être étonnée, la mère. Si elle se doutait de quoi il retourne.

Pontarlier 10 h 15.

Église Sainte Bénigne.

La nef était remplie de fidèles. La famille Martin occupait un rang du fond, sur la droite, non loin du baptistère. Pierre aperçut des voisins, et, bien sûr, assis au premier rang, Charles Henri de la Boissière encadré par sa lignée. Tous étaient venus pour se réconcilier avec leur Dieu aujourd'hui, y compris lui-même. Assurément, il était celui qui en avait le plus besoin. Cet amalgame de remords et de fierté l'éprouvait, lui apparaissait étrange, un rien vicelard.

L'ambivalence des sentiments de l'être humain dans toute sa splendeur, s'étonna-t-il. Me sentirais-je coupable ? Serais-je vulnérable ?

En écoutant l'homélie, ses mains commencèrent à trembler en cadence.

Le curé ne ménageait pas le sermon vis-à-vis de ses ouailles. Il insistait sur la notion des sept péchés capitaux, accusait la convoitise du bien d'autrui, embellissait l'importance de la vie sur terre, prêchait le respect avec un grand R et l'amour du prochain avec un grand A. Pourtant, il ne fit aucune allusion au décès de son frère chrétien. Il discourait avec des phrases nuancées dans lesquelles tout un chacun pouvait s'y refléter.

Son reflet, Pierre Martin, il l'étouffait en serrant ses doigts avec une telle force que ses phalanges auraient pu craquer d'un coup sec, comme du bois mort. La face contre terre, il essayait de maîtriser son mental qui s'emballait tel un cheval galopant dans la toundra sauvage des pensées.

Sa mère approuva d'un signe de tête cette décision soudaine. Le fils priait. Elle n'y croyait plus, essuyant un sempiternel refus depuis trois ans au moins.

Le fils objecte, lui confiait son mari. Il refuse en bloc le catholicisme. Laisse, il reviendra à la religion quand il se sentira prêt.

Aujourd'hui, dimanche 4 janvier, il était donc prêt. Le fils prodigue était revenu du désert où il avait erré si longtemps. Enfin…

Pierre Martin se redressa. Il se tenait droit maintenant. Il avait repris du poil de la bête. Il avait calculé, mentalement, le pourcentage d'une éventuelle inculpation. De la lâcheté, il n'en avait cure. Il savait comment agir.

Sa nervosité s'atténua. Sa respiration se calma. Il se détendit. Il afficha une attitude docile à la foule de croyants. Il répéta avec ferveur la litanie jusqu'à l'amen de finalité.

Doubs 10 h 30.

Église de L'Assomption.

Des chrétiens étendirent leurs jambes, s'étirèrent et finirent par perdre contenance. Une vague houleuse de dos qui remuaient parcourut l'assemblée. Il y en eut un qui osa se moucher à grands bruits. D'autres toussèrent sans se gêner, propulsant leurs miasmes, histoire de partager leurs microbes en toute impunité.

Ne sachant quelle fonction adoptée devant l'absence du curé, le diacre envoya l'enfant de chœur, Guillaume, aux renseignements. De tous les gosses du catéchisme, il était le plus dégourdi.

Ledit diacre était arrivé en retard, lui aussi. Il n'avait pas eu le temps de flâner parmi les paroissiens. Il s'était dépêché de revêtir sa dalmatique dans la sacristie. Il avait bien remarqué que l'aube, la chasuble et l'étole n'étaient pas suspendues au cintre. Il avait émis l'hypothèse que le vieux prêtre les portait encore pour rentrer chez lui, après la célébration de 18 heures hier soir. Il avait cette lubie lorsqu'il se sentait trop fatigué pour se dévêtir. Ceci devait en être l'explication. Il franchirait la porte, essoufflé d'avoir accéléré le pas, inconscient du danger qu'occasionnait l'épaisse couche de neige qui s'était formée depuis le lever du jour.

Le chant était fini et le susnommé Guillaume n'était toujours pas revenu de son épopée. Reposé sur les épaules du diacre la liturgie. Il débuta la messe. Ce ne fut qu'après l'eucharistie qu'il vit s'avancer dans la nef un homme bedonnant, la cinquantaine vue de loin, accompagné par une femme voyante qui soutenait fermement Guillaume.

Il ne la connaissait pas. Elle ne faisait pas partie de ses fidèles. Elle était accoutrée d'un bonnet fuchsia, d'une veste rouge et d'un pantalon prune. Impossible de ne pas la repérer parmi cette meute de manteaux gris et noir. Protectrice, elle avait passé un bras autour des épaules d'un Guillaume livide qui désigna la chapelle de la Vierge d'un geste las. Légèrement en retrait, l'homme qui les accompagnait obligea l'enfant de chœur à s'asseoir.

Il sembla au diacre que la femme murmurait des mots à son oreille. Il eut hâte de clôturer l'office et accéléra le rythme, quitte à scandaliser la foule.

Quinze minutes d'anxiété pour une vérité.

- Que se passe-t-il ? interrogea le diacre. Où est le père Vlad ?

- Je me présente, commandant Dorman, de la police judiciaire de Pontarlier et voici le lieutenant Duharec, ma coéquipière. Occupez-vous du gosse, plutôt. Les parents sont-ils présents ?

- Il est venu seul. Il vient toujours seul. Ses parents sont athées.

C'est Guillaume qui a éprouvé le besoin de servir notre Seigneur. Dis donc, mon bonhomme, tu es très pâle. Tu ne te sens pas bien, Guillaume ?

- Ça ne va pas fort, répliqua l'enfant d'une voix affaiblie.

- Le lieutenant va le reconduire chez lui. Vous allez fermer l'église et venir avec moi au presbytère, Monsieur ?

- Robino.

Abasourdi mais obéissant à l'ordre du commandant, le diacre rassembla ses affaires et prit l'aube du gamin. Il regarda s'éloigner l'étrange couple formé par son paroissien de treize ans et ce petit bout de femme.

Devant le presbytère, deux policiers en faction montaient la garde. Ils empêchaient quiconque d'approcher. Le commandant Dorman les salua en s'écartant pour laisser passer le diacre.

- Repos, soldat, à chaque jour suffit sa peine. J'espère que vous avez le cœur bien accroché, Monsieur Robino. Le spectacle vaut le détour.

- À quoi dois-je m'attendre ? Un malheur serait-il survenu ?

- Ce sera à vous de juger. Si on a la foi, va savoir. En ce qui concerne votre Guillaume, il a été efficace malgré le choc subit. C'est lui qui a prévenu la police. Il craquera plus tard, c'est chaque fois pareil. On tient le coup, rapport aux séries télévisées, il faut croire, puis la vanne s'ouvre et le flot se déverse. Après, pour stopper le torrent dans son élan dévastateur, c'est plus difficile. Il faut des tonnes de rochers après quoi s'agripper sinon la vague vous emporte. Le lieutenant Duharec restera avec le gosse jusqu'à l'arrivée des parents au cas où ils auraient profité de la messe pour s'absenter de leur domicile. Je passe le premier. Si vous ne supportez pas, sortez. Inutile de tapisser les murs en dégobillant, et encore moins sur moi. Il y en a assez comme ça.

- J'en ai vu d'autres.

- Des macchabées enjolivés, pomponnés en vue de l'ultime voyage, je n'en doute pas, mais, ici, c'est un peu différent. Vous allez vous faire une opinion du quotidien de la force publique. Nous n'en tirons aucune gloriole, nous autres, les flics. Enfin, c'est la vie.

Écœurement.

Stupéfaction.

Faiblesse des mots face à l'horreur ambiante.

Souillure du sacré.

Des gouttelettes de sang maculaient les meubles de l'entrée. Celles du guéridon tombé à terre viraient déjà au brun rougeâtre. Celles sur le mur abordaient un côté ambré qui aurait pu être plaisant dans un pastiche de Klimt. Malheureusement, l'heure n'était pas à la contemplation artistique.

Un pantin désarticulé, une marionnette dont les fils se seraient emmêlés dans l'acharnement du tueur, voilà ce qu'essayait d'identifier Robino. Les reprises de l'habit ne laissaient pas de place au doute, et le sang coagulé ne parvenait pas à effacer l'usure sur le revers de la couture élimée. Le diacre se détourna du supplicié. Il ne souhaitait pas que le visage crispé du prêtre s'incrusta dans sa mémoire, qu'il y pondit son œuf couvé par des visualisations morbides qui aurait éclos brutalement un beau matin, au saut du lit. Pas maintenant, en tout cas. Il ne voulait pas de ce réveil. La réalité du vide qu'occasionnait le meurtre était suffisamment pénible à endurer.

Un technicien revêtu d'une combinaison jetable blanche prélevait des échantillons sur le cadavre. Méticuleux, il remettait ses écouvillons dans les différents tubes de verre, qui, eux-mêmes, étaient délicatement rangés dans une mallette grise. Il les analyserait dans son laboratoire. Son homologue procédait, quant à lui, au relevé d'empreintes digitales. On aurait dit un ballet de cygnes évoluant sur un océan pourpre, baigné par le soleil couchant ou levant, au choix.

Il m'aurait fallu un accoutrement similaire lorsque j'ai repeint la cuisine, imagina le diacre. Il se signa aussitôt pour avoir eu cette pensée saugrenue. Quelle maladresse vis-à-vis du mort, songea-t-il.

- Reconnaissez-vous le prêtre, Monsieur Robino ?

- Malheureusement, oui. Je lui disais souvent qu'il ne devait plus vivre seul, que c'était dangereux à son âge, avec tous ces jeunes gens paumés dont il s'occupait.

- Des jeunes gens paumés, vous dites ?

- Oui, des chômeurs qui peinent à trouver un travail, par les temps qui courent. À notre époque, il souhaitait qu'ils s'occupent durant la journée pour ne pas sombrer dans la drogue ou l'alcool. Il leur procurait du réconfort en les écoutant se plaindre de leur triste sort. La vie est dure, pour les jeunes, dans nos vallées. Parfois, il arrivait qu'il leur trouvât un petit boulot, vous savez, genre jardinage ou bricolage pour les garçons, un peu de repassage ou de ménage pour les filles. Rien de bien lucratif, juste de quoi se payer les cigarettes.

- Au black ?

- Mais oui, souvent. Que voulez-vous, commandant, tout le monde ne naît pas avec une cuillère en argent dans la bouche, affirma le diacre en avançant.

- Restez-la. N'allez pas souiller les indices. Vous avez vu son visage, il suffit. Vous irez au commissariat pour signer les papiers. La procédure aurait voulu que ce soit à la morgue que vous veniez reconnaître le corps, mais j'ai préféré gagner du temps. Je vous ferai signe pour solliciter votre aide, si j'ai encore besoin de vous. En sortant, laisser donc vos coordonnées à l'un des deux brigadiers, avec les noms des paumés en sus, si vous vous en souvenez.

- Très bien, commissaire. Je coopérerai. Être utile adoucira ma peine.

- Commandant, Monsieur Robino, seulement commandant.

La phrase se perdit dans les limbes d'un diacre inquiet, fuyant une boucherie innommable.

Pontarlier 12 h 50.

- Comment va le môme, Duharec, s'enquit le commandant, de retour dans son bureau.

- Pas super. Le médecin généraliste discute avec les parents. Il leur conseille une thérapie avec un pédopsychiatre, histoire d'évacuer, lui répondit sa collègue derrière son ordinateur.

Ils se partageaient la pièce, question de budget d'état.

- Nécessaire. Pas très âgé pour avoir vu ça, le gosse. Sandwich au poulet, lieutenant ? Il ne restait que ceux-là dans la boulangerie.

- Est-ce que j'ai le choix ?

- Ma foi, non, à moins de garder la ligne. Vous n'êtes pas épaisse, Duharec. J'ai pris aussi deux beignets en desserts, un à l'abricot pour vous et un à la framboise pour moi. On peut échanger si vous n'aimez pas le goût.

- Ce n'est pas la confiture du pâtissier que je n'aime pas, commandant, c'est votre besoin immodéré pour le sucre. Depuis que votre femme vous a quitté, vous vous goinfrez de glucides.

- J'avais arrêté de fumer pour lui plaire. Pour ce que ça a servi, elle est quand même partie. Je compense et les beignets, ils m'aident à réfléchir.

- La bonne excuse que voilà. Enfin, envoyez le sandwich et le beignet. C'est sympa d'y avoir pensé. Merci, chef.

- Discussion close, alors.

- Discussion close pour le moment.

Le lieutenant Duharec mâchait en silence. Elle observait du coin de l'œil son collègue qui avait déjà englouti son plat principal et qui savourait sa viennoiserie. Elle s'inquiétait à son sujet. Il avait une fâcheuse tendance à être boulimique depuis le divorce. La moindre enquête provoquait un réflexe neuronal boulangerie résolution d'énigme qui s'avérait mauvais pour son embonpoint. Il s'arrondissait au fil des mois avec un muscle à l'état sauvage qui n'avait rien de séduisant.

Il est loin le montagnard de la jeunesse dormanesque, s'attrista-t-elle en le regardant. Et cette barbe qu'il laisse pousser avec négligence ? Que cache-t-elle ?

- Fini de manger, lieutenant ?

- Presque.

- Dégustez votre bouchée. Je vais chercher deux cafés et on fonce au frigo.

Pontarlier 14 h 55.

Le médecin légiste, le docteur Jefferson, un français d'origine anglaise, appréciait le commandant et sa coéquipière. Il aimait le côté fantasque de Dorman, saisissant de contradictions, qui s'opposait au caractère méthodique de Duharec. Ils évoquaient l'inverse de Holmes et Watson, les héros du célèbre écrivain Arthur Conan Doyle.

Les deux D, ainsi nommés par la brigade en raison de la première lettre de leur patronyme, franchirent les portes automatiques de la morgue. Il régnait dans la pièce une austérité qui s'accordait avec la rigidité des dépouilles. Un mobilier en inox se renvoyait la lumière en provenance des néons. Les tiroirs, la servante et la table d'autopsie, les cuvettes et les instruments, tous étincelaient dans une propreté exemplaire : le champ de bataille du croque-mort.

- Salut, doc. Tu as du nouveau pour moi ? lança Dorman.

- Une évidence. Les entailles sont profondes. Le curé a été torturé avec brutalité. Tu as affaire à un être bestial, qui s'acharne, sans aucune finesse, sur la bête. S'il avait voulu obtenir des aveux, il ne s'y serait pas pris autrement. Pénétrations répétées d'une arme blanche en différents endroits de l'abdomen, ce qui a entraîné les perforations des organes internes. Le coup à la rate lui a été fatal. Ton homme a souffert. Son faciès crispé accuse le supplice. Ses blessures béantes portent le sceau d'humanité en voie d'extinction.

- Et la marque sur le torse ?

- Pas un Michel-Ange, ni un Léonard, ton tueur. C'est mal dessiné, un travail bâclé. Le souhait d'en finir, et le poignet devient imprécis. Il taillade à l'aveuglette, en suivant une ligne grossière qu'il a certainement dû achever post-mortem.

- La signature ? Tu penses à la même chose que moi ?

- Possible, faut creuser.

- Le résultat des empreintes ?

- La scientifique me les a fait parvenir. Elles sont négatives. Il est malin, ton meurtrier, il aura porté des gants. Il faut dire qu'avec le froid qu'il fait dehors, protection obligée. Être ou ne pas être opérationnel ? Dans son cas, une nécessité.

- Pas faux.

- D'autres plaies ailleurs ? s'enhardit le lieutenant Duharec en interrompant le discours philosophique du médecin légiste.

- Non, pas de stigmates, si c'est à cela que vous faisiez allusion, poursuivit Jefferson. Le reste de la peau est indemne.

- Bien, on retourne au QG pour faire le point. On se revoit ce soir au lieu habituel ? proposa le commandant.

_ Ça me va. Je continue d'explorer le spirituel, de sonder l'étincelle divine qui s'éteint en ce bas monde, suggéra Jefferson.

Pontarlier 20 heures.

Les conversations allaient bon train dans le café. Les esprits s'échauffaient dans les vapeurs de l'alcool. Le sujet de prédilection en cette soirée hivernale était sur les lèvres des buveurs de bière et d'absinthe : l'odieux crime du prêtre Vlad qui avait été annoncé succinctement aux informations régionales télévisées.

- Chacun y va de sa théorie. Ils échafaudent des mobiles plus farfelus les uns que les autres, confia Dorman à son voisin de table. Encore heureux que les journalistes furent tenus éloignés de la brigade. Au moins, nous œuvrons tranquilles. Personne, dans le coin, a eu vent que les autorités nous ont confié l'affaire sinon on ne pourrait pas avancer d'un pouce dans la rue. J'ai parcouru ton rapport. Pas glorieux.

- Voilà. Pas d'ADN, rétorqua Jefferson, d'une voix affirmative.

- C'est mince. Il y a l'appartement qui a été fouillé, mais c'est peu. Les objets de valeurs et l'argent étaient à leur place.

- Ouais, trop peu, répliqua Jefferson.

- Notre tueur est parti avec ce qu'il venait chercher. L'armoire était restée ouverte, il y avait un emplacement vide, raisonna Dorman.

- C'est cher payé pour un vol, s'étonna le légiste.

- Le jeu en valait-il la chandelle ? Je n'en mettrai pas ma main au feu, lui répondit le commandant.

- Une idée pour la suite des opérations ?

- Peut-être. Je creuserai demain avec Duharec. Qu'est-ce que l'on boit ?

- Du chaud ?

- Va pour du chaud, à l'unanimité. Garçon, deux chocolats.

V

J'entends les chants.

Je m'endors en écoutant la douce musique.

Lundi 5 janvier.

Pontarlier 8 heures.

- Bien dormi, Duharec ? demanda le commandant à sa collègue, confortablement assis dans son fauteuil.

Il s'évertuait à sucer le sucre glace qui recouvrait son index et son pouce.

- Correct, chef. Dans la boutique depuis l'aube, je présume ?

- Exact. Je suis sur les starting-blocks depuis 7 h 30. J'ai pris mon petit-déjeuner ici pour préparer l'entretien. Vous devez prendre connaissance de ce qu'il y a là-dedans avant notre entrevue, lui dit-il en tapotant une chemise à rabats jaune.

- Quel entretien ? Nous avons un suspect depuis hier soir ?

- Pas encore, j'y travaille, c'est pourquoi nous partons. On s'arrache. Soixante bornes à se taper jusqu'à Besançon. Vous connaissez la difficulté du trajet, surtout l'hiver. Nous sommes attendus pour 10 heures Vous aurez le loisir de lire ce dossier préparé à votre attention pendant le voyage. Je conduirai. Le pedigree du type est au complet. Je vous ai imprimé les pages en buvant mon café.

- Et vous avez avalé un de ces foutus beignets.

- Perspicace, Duharec. Comme toujours, vous incarnez une efficacité personnifiée dès l'aurore.

Besançon 9 h 43.

Un rideau de fer flambant neuf s'enroula lentement vers le plafond puis s'abaissa dans le même rythme.

Deux portières claquèrent dans le parking souterrain. La caméra accrochée au pilier suivit de son œil noir globuleux les deux personnes qui se dirigeaient vers le sas d'entrée.

Identification obligatoire.

Vérification approuvée.

La grille aux barreaux d'acier déclencha son système d'ouverture en guise de bienvenue.

Premier barrage franchi.

Une autre grille succéda à la première.

Cinq fois se répéta la procédure avant que les deux officiers de police puissent atteindre le pic central.

Le commandant Dorman et le lieutenant Duharec, guidés par le planton, entendirent les voix qui s'apostrophaient d'une cellule à l'autre. L'établissement carcéral bruissait de dialectes, de langues étrangères, de cris, de douleurs étouffées. La lumière artificielle des couloirs éclaira leurs pas jusqu'au parloir.

Dépourvus de leurs armes, nos deux pontissaliens s'installèrent face au prisonnier qu'ils étaient venus rencontrer.

Encadré par deux gardiens, Monsieur Hans Van Briggen, un costaud de 35 ans, d'origine allemande, demeurait imperturbable. Multirécidiviste, incarcéré pour cambriolage avec usage d'une arme à feu, il avait ni Dieu, ni maître. Par expérience, il attendait que débute le dialogue, assis sur une chaise en béton inconfortable, comme le reste du mobilier d'ailleurs.

- Bonjour Monsieur Van Bringgen.

Le commandant aligna trois photos sur la table bétonnée.

Indifférence.

- Regardez mieux.

- Et alors ?

- La marque sur la peau. Vous voyez bien le dessin ?

- Pas fameux.

Dorman poussa un des clichés vers le détenu.

- La croix ?

- C'est flou. Le tracé est vulgaire.

- Mais identique à la signature du groupe néonazi que vous gouverniez à l'époque de votre arrestation et celle de vos comparses.

- Possible que ça y ressemble.

- Vous n'auriez pas ouï d'une rumeur qu'il y aurait un remplaçant à votre commandement,

- Je n'en sais rien. Je suis bloqué ici, au cas où vous n'auriez pas remarqué. J'en ai pris pour vingt piges.

- Des émules ? On murmure dans le milieu depuis la tuerie de Doubs.

- Qu'est ce que vous voulez que cela me fasse ? Tant mieux s'il y a du youpin en moins.

- Ouais, peut-être, sauf que là, notre homme est un curé. Alors ?

- Il avait dû se convertir et bouffer du catho.

- Il me faut une réponse. La croix est bien la Svastika, non ?

- Celle qui symbolise l'illumination en empruntant la voie de la purification. Celle du grand Reich.

- Nous sommes d'accord. Des noms ?

Un mutisme scella la langue d'ordinaire bien pendue de Van Briggen.

Duharec se leva et attira vers elle son supérieur. Il ne dira rien, lui susurra-t-elle dans le creux de son oreille. Il est méfiant. Savoir qu'il a des adeptes le gonfle d'orgueil comme une baudruche. Il va bientôt exploser. Vaut mieux se replier, chef.

Dorman approuva sa pertinente remarque.

- Bien, vous avez consenti à collaborer. La justice en tiendra compte.

- Je ne vous ai rien confié.

- Vos pupilles vous ont trahi, Van Briggen.

- Fumier ! brailla le détenu.

- De quoi ? En sourdine serait une sage résolution, sourcilla le commandant en se levant. Gardien, vous pouvez disposer du détenu.

Retour à l'air libre.

S'éloignaient les miradors, s'amoindrissaient les phrases beuglées. Derrière les nuages bas couleur locale gris anthracite, le soleil faisait un effort suprême pour réchauffer le décor triste à en mourir, pour éloigner la sinistrose.

- Duharec, le ver est dans le fruit. Il va mûrir de l'intérieur.

VI

Des voix résonnent.
Je les entends.
Elles paraissent s'éloigner.
J'attends.

Mardi 6 janvier.
Les Combes 15 h 15.
None se terminait. Peut-être aurait-elle le temps de s'attarder dans l'église Sainte Anne, se demanda la sœur Emmanuelle en dépliant ses genoux ankylosés. L'arthrose grignotait ses articulations chaque jour que Dieu lui avait consenti. Elle n'avait pas la sensation de vieillir prématurément. Elle portait ses six décennies avec vigueur, comparée à d'autres religieuses. Elle s'en remettait à son Dieu pour les maux et à la médecine pour la soulager durablement. Elle acceptait son sort, n'ayant rien à envier aux handicapés qui occupaient son quotidien. Elle les soignait avec dévouement depuis qu'elle avait rejoint la communauté, louant chaque jour le Seigneur en leurs noms.

Elle s'abandonna à sa réflexion en quittant sa cellule.

Accorde-moi une journée qui n'aurait pas servi à rien, récitait-elle en avançant. Évite-moi la tendresse qui se serait brisée dans le détachement du bien.

Elle contourna le jardin intérieur pour se diriger vers le placard où l'attendaient les clés. C'était à son tour de prendre la voiture pour se rendre au village voisin. La sœur visitatrice était couchée à l'infirmerie avec une mauvaise fièvre. Elle lui avait rendu visite avant l'appel de la prière. Elle avait imbibé le linge d'eau fraîche contenue dans la cuvette en émail bleu et blanc posée sur le chevet. Elle avait tamponné son front brûlant. La grippe n'épargnait personne cette année-là, pas même le couvent. Les hauts murs du XVe siècle étaient une piètre barrière contre les virus.

Avec discrétion, elle sortit l'Ami 6 du garage, une antiquité qui rendait de nombreux services. Elle emprunta la sinueuse départementale qui allait vers Gilley.

La vieille Citroën avalait doucement les kilomètres.

Sœur Emmanuelle songeait au décès du père Vlad en conduisant.

Elle se risqua à envisager un hypothétique retour du malin en ces temps de solitude spirituelle. Afin de contrer ses craintes, elle profita d'être seule dans la voiture pour chanter les paroles du Cardinal Suenens : « Seigneur, dans le silence de ce jour naissant, je viens te demander la paix, la sagesse, la force. Je veux regarder aujourd'hui le monde avec des yeux remplis d'un amour patient, compréhensif, doux et sage. Voir tes enfants comme tu les vois. Ferme mes oreilles à la calomnie, garde ma langue à cette malveillance, que seules les pensées qui bénissent demeurent en mon esprit. »

Des larmes coulèrent le long de ses joues sur lesquelles naissaient les premières rides. Elle en goûta le sel. Elle éprouva le besoin de prier ailleurs que dans leur chapelle.

Besoin pressant de communier avec le Christ.

Gilley 16 heures.

Sœur Emmanuelle n'eut pas la force de s'agenouiller à nouveau. Elle préféra rester debout, face à l'autel, la blancheur des murs s'accordant à la simplicité de l'édifice. Son voile blanc rejeté en arrière avec un brin de coquetterie, elle commença à prier. Aux cierges allumés, les rayons du soleil couchant répondaient à son appel. Ils traversaient les vitraux et venaient mourir à ses pieds. Ils contribuaient à apaiser son âme troublée par l'horrible meurtre.

La persécution n'aura-t-elle donc jamais de fin, s'inquiéta-t-elle. Où se situe le devoir de mémoire ? À quoi bon implorer la clémence des cieux si nous ne sommes pas capables, ici-bas, de panser nos propres plaies ? Tranquillise mon esprit, Seigneur, implora-t-elle en quittant ces lieux paisibles.

Dehors, elle aperçut des jeunes mamans qui lui faisaient signe. Emplie de quiétude, elle se joignit au groupe et prit, avec elles, la direction de la crèche des Petits Lutins.

Un garçonnet guettait l'arrivée de la dame en blanc. Il savait qu'elle l'étoufferait par son étreinte, qu'elle le couvrirait de chauds baisers avant de l'installer dans la poussette sous l'épaisse couverture de laine, et il adorait ça. Il se réjouissait à l'avance de ce moment, comme à chaque fois qu'il repartait dans son foyer. Il lui raconterait avec ses mots à lui ses prouesses de la journée.

Le voile blanc se pencha vers lui. Ses yeux marron exprimaient une douceur équivalente à celle de sa mère. Il aimait bien se promener avec elle.

D'habitude, elle lui faisait sentir les fleurs des jardins publics, écouter le chant des oiseaux, toucher l'écorce rugueuse des arbres, mais, aujourd'hui, elle paraissait soucieuse. Elle ne s'arrêta pas, en chemin, dans le parc. Il ne pourrait pas jouer. Elle semblait presser de rentrer. Elle ne souriait pas.

Proche de la place de l'église, la religieuse ralentit son pas. Elle récupéra un peu de son souffle avant d'atteindre la voiture sur le parking. D'où elle se tenait, elle n'avait pas pu voir la camionnette stationnée devant la librairie-papèterie qui avait démarré après son passage. Dans son dos, le véhicule s'approchait lentement. Avant qu'elle n'ait pu atteindre la Citroën, la porte latérale s'ouvrit. Deux hommes cagoulés se jetèrent sur elle et sur l'enfant. Ils les contraignirent à monter dans leur Ford Transit. Surprise par l'action rapide des individus, elle lâcha les clés pour protéger l'enfant. Elle était trop faible pour opposer la moindre résistance à ses ravisseurs.

Un cri aigu et désespéré s'associa aux pleurs du bambin rapidement étouffés. Témoins de la scène, le libraire et sa cliente assistèrent, impuissant, à l'enlèvement.

Pontarlier 16 h 45.

Le téléphone portable de Dorman sonna dans la poche de son veston. Mécontent, il réceptionna l'appel. Pourtant, il avait grandement besoin de se détendre, de s'accorder un peu de répit dans la tourmente qui l'environnait depuis quelques jours. L'affaire du curé de Doubs était dans l'impasse. Il avait beau soudoyer les indics, la pêche s'était avérée infructueuse. Il avait quitté le commissariat, seul, en quête de sa merveilleuse boule hypercalorifique. Il ne souhaitait pas entendre les sarcasmes de sa subalterne.

Attablé devant son expresso de l'après-midi, il écouta. Son dos se raidit dans la brasserie. Les coussins de la banquette en velours rayé noir et taupe devinrent, soudainement, aussi dur que du bois. Il n'avait plus le cœur à se réjouir. La félicité avait été brutalement interrompue. Le charme du mets sucré enveloppant ses papilles avait été métamorphosé en un fiel difficile à déglutir.

- L'histoire se complique, Duharec. Prenez-moi au passage avec la voiture de service qui est disponible, rue de la République, j'aurais fini.

Terminé la dégustation.

Le récit lui avait laissé un goût amer dans la bouche. Vade retro, satanas, marmonna-t-il en se frayant un chemin entre les consommateurs jusqu'à la sortie. L'amertume le dévorait.

Départementale 437 17 h 20.

Le crépuscule s'étalait sur la forêt et les alentours. Au jour finissant, les branches des sapins qui bordaient la chaussée avaient pris une teinte vert foncé. Une nappe brumeuse stagnait entre les troncs. La visibilité déclinait entre chien et loup. L'atmosphère lugubre n'invitait pas à la joyeuseté dans l'habitacle.

- Les coupables, lieutenant, attaquent les fondements de la morale et de la religion. La civilisation tombe. Elle s'enfonce dans le magma des génocides. Le prêtre, maintenant un gosse et une religieuse, la dérive sociale s'incruste dans le millénaire.

- L'enfant est certainement un dommage collatéral. Il a pu être au mauvais moment au mauvais endroit.

- Les apparences sont trompeuses, Duharec. Des états fascistes naissent de la peur des hommes. Le bras droit se lève dans la tourmente.

- Pas très gai, votre discours, chef. Nous serons fixés dans moins de cinq minutes. Restons positifs.

Gilley 17 h 40.

Maison de la presse du village.

- Commandant Dorman et lieutenant Duharec, Monsieur Pelletier. Racontez-nous ce que vous avez vu dans les moindres détails, questionna le commandant.

- J'ai déjà parlé aux gendarmes, tout à l'heure, au téléphone.

- Nous savons mais j'aimerais aussi vous entendre. Tranquillisez-vous. La gendarmerie est à pied d'œuvre. Elle traque les fugitifs depuis votre appel.

- Si vous voulez, je vais répéter.

- Merci Monsieur Pelletier.

- Un petit camion blanc, genre livraison, a avancé tout doucement. J'ai cru que c'était pour laisser passer la bonne sœur, raison due à la poussette. Ensuite, il a continué derrière elle et, au moment où elle s'est approchée de son Ami 6, ils lui sont tombés dessus. Elle n'a pas fait ouf.

- Combien étaient-ils ?

- Au moins trois puisqu'il y en a deux qui se sont précipités pour les balancer dans la bagnole et qu'ils sont partis aussitôt. J'en ai déduit qu'il devait donc y avoir un troisième larron en guise de chauffeur.

- Avez-vous pu voir leurs visages, Monsieur Pelletier, un signe distinctif ?

- Non, pas d'ici et de toutes les façons, il faisait sombre. Le soleil était en train de disparaître derrière l'église.

- Vous rappelez-vous l'heure ?

- Pas exactement mais la demie de 16 heures était passée. J'avais entendu la cloche.

- Et pour la camionnette, une enseigne, un détail que vous auriez remarqué ?

- Non, couleur uniforme, blanc sale, quelconque quoi. Elle était garée là devant, dit-il en montrant l'emplacement.

- Depuis longtemps ?

- Je dirais un quart d'heure. Je ne faisais pas vraiment attention, je servais des clients. C'est la place livraison de la rue principale, alors, ça va, ça vient, toute la journée si je peux m'exprimer ainsi.

- Avez-vous observé le conducteur ?

- Non, il avait la tête baissée. Il lisait une carte routière. J'ai pensé qu'il cherchait sa route.

- Bien. Savez-vous d'où venait la sœur ?

- Oui, de la crèche des Petits Lutins, trois rues derrière. Vous n'avez qu'à tourner au bout de la grand-rue, sur la droite, puis la première à gauche. Vous pouvez y aller à pied. C'est à côté, environ 400 m à parcourir.

- Votre cliente, a-t-elle vu la scène, elle aussi ?

- Oui, mais elle est partie prévenir la directrice de la crèche, pour la mère supérieure, vous comprenez.

- Je comprends. Nous l'interrogerons là-bas.

À peine les deux officiers de police avaient-ils remercié le libraire pour son amabilité que des badauds s'engouffraient dans son magasin. Ils venaient satisfaire leur appétit vorace de ragots.

- Encore une histoire qui va se propager dans le village comme une traînée de poudre, Duharec. Les commérages alimenteront les veillées dans les chaumières pendant quelques semaines. Va falloir nous concentrer sur l'enfant. Il est petit, le gosse, un bambin. Il risque d'avoir faim et froid à cette heure avancée du jour.

- D'autant plus qu'avec la nuit qui approche, ça ne va pas être facile de repérer le véhicule. Si j'étais eux, je roulerais tous feux éteints. De Giley, ils ont quatre voies possibles qui se divisent encore. Ils ont bien choisi le bled, pour la fuite, les lascars.

- Sont rusés. Ils se seront renseignés avant. L'itinéraire n'a pas dû être choisi par hasard. Ce qui m'intrigue, lieutenant, c'est la bonne sœur qui joue les babys sister, pas vous ?

- Oui, je me posais aussi la question, et nous allons avoir notre réponse. La directrice nous accueille sur le pas de la porte.

Crèche des Petits Lutins 18 h 15.

- Quelle histoire, mon Dieu, quelle histoire. Je suis Madame Mendes, directrice de l'établissement, se lamentait-elle en se présentant tout en affichant un air tragique qui contrastait avec son imposante stature austère. Juchée sur ses bottes à semelles compensées, elle tira sur sa jupe noire en tweed, ajusta son pull-over à col roulé beige et remit une épingle à cheveux dans son chignon. Elle paraissait inébranlable. Seigneur, dans nos campagnes retirées, le mal sévit toujours, soupira-t-elle, un brin inquiète.

- Il avance par l'inaction des gens biens, Madame. Commandant Dorman et voici le lieutenant Duharec.

Nous n'avons pas le temps de deviser sur le sujet. Une autre fois, peut-être. Dites-nous, plutôt, pourquoi vous avez confié l'enfant à la religieuse ?

- C'est ainsi que nous pratiquons. Sa mère ou son père nous l'amène le matin et la sœur visitatrice le récupère le soir. Depuis la semaine dernière, elle est alitée. Une none est chargée de venir, chacune à leur tour. Sœur Emmanuelle avait été désignée pour aujourd'hui. Ce petit est la joie de vivre du couvent, vous savez.

- Aviez-vous constaté un individu rôdant dans les parages, ces jours-ci ?

- Non, bien sûr que non. La rue est calme à son habitude, répondit-elle en se signant. Si j'avais su, j'aurais surveillé les allées et venues des promeneurs.

- On ne peut prévoir l'imprévisible, n'est-ce pas ? De quel ordre appartient cette religieuse ?

- Je ne sais pas exactement mais le couvent est domicilié à Combes.

- Quel âge a l'enfant, Madame Mendes ?

- À peine un peu plus d'un an. Il ne marche pas encore mais cela ne saurait tarder. Il est plus en avance pour le langage et très dégourdi pour son âge. Il saisit de suite ce qu'on lui demande d'accomplir.

- Comment était-il habillé car je présume qu'il s'est sali depuis ce matin et que vous avez dû le changer ?

- Tout à fait. Pauvre petit, s'attaquer à un être sans défense et une bonne sœur, j'avoue avoir du mal à le croire.

- Les vêtements, Madame ?

- Ah, oui. Une salopette en jean, un body blanc à manches longues, un pull bleu marine tricoté main avec des boutons en forme de sucettes sur l'épaule, un manteau à capuche vert bouteille et des chaussures montantes marrons.

- Gardez-vous à la crèche un doudou ou une peluche lui appartenant ? s'enquit la lieutenant. C'est pour les chiens.

- Non, je suis désolée. Il est reparti avec.

- Pas d'inquiétude, nous allons obtenir un objet de sa chambre chez ses parents. Avez-vous l'adresse ?

- Je vous la note de suite, répondit la directrice en s'installant à son bureau.

- Excellente idée, Duharec, le coup de la peluche. Je n'avais pas tilté, approuva Dorman en se tournant vers sa collègue.

- Les doudous, les mères ne les lavent pas tous les jours comme les fringues. Si nous souhaitons une odeur tenace pour les chiens, l'ours cradoque est idéal. Le flair des toutous ne sera pas pollué par le parfum des lessives et des adoucissants.

- Suis scotché par la déduction, lieutenant, vraiment. Pour une célibataire, vous m'impressionnez.

- Pas mariée, pas d'enfants, chef, seulement des neveux et nièces qui ne lâcheraient pas leurs doudous, pour rien au monde. Je vous garantis le drame du lave-linge.

Sur ces entre-faits, Madame Mendes leur tendit un post-it sur lequel était inscrite l'adresse du couvent.

- Merci, Madame. Les gendarmes vous rendront certainement visite dans les jours à venir.

Mon Dieu, mais quelle histoire, continuait à se lamenter la brave femme bien après leur départ.

Les Combes 19 h 00.

L'agitation était à son comble pendant que les deux policiers discutaient avec la mère supérieure. La bâtisse, d'ordinaire si tranquille, avait des allures de ruche. Une nuée de voiles blancs s'agitaient dans le réfectoire. La mère de l'enfant disparu, Madame Levy, 26 ans, inconsolable, s'était écroulée sur un banc à l'annonce de la triste nouvelle. Le père du petit, guère plus âgé qu'elle, réconfortait son épouse. Les paumes rudes de jardinier caressaient la chevelure soyeuse de sa femme en un geste apaisant. Autour d'eux, les religieuses, en proie à une peur indescriptible, s'agitaient en formant une ronde. Des mèches folles, déclinantes du châtain foncé au gris en passant par le roux, s'échappaient des coiffes. Les robes sévères valsaient en un ballet déraisonnable où les corps s'exaltaient dans l'impuissance à se maîtriser. Elles avaient le désagréable sentiment de revivre une période révolue où la persécution faisait rage de nouveau. Elles s'imaginaient la terreur sous l'inquisition franchissant les murs.

Les pierres centenaires ne les protègeraient-elles donc plus ? Faudrait-il fuir la rue, au même titre que jadis, quand les émeutiers avaient envahi les monuments sacrés ? Aujourd'hui, le danger s'était infiltré tel un fantôme vaporeux et discret. Sournois, il perturbait les esprits, il s'insinuait dans la pureté des âmes. La panique frôlait la contagion.

Le lieutenant Duharec compatissait face à la menace qui encerclait les femmes dévouées envers leurs prochains. Le commandant Dorman, quant à lui, agacé par le bourdonnement que générait le kidnapping, avait adopté la circonspection.

- Ma mère, auriez-vous des indices à nous communiquer qui nous aideraient à orienter nos recherches ?

- Monsieur et Madame Levy sont nos gardiens. Qui pourrait leur en vouloir au point de séquestrer leur fils ? déclara-t-elle. Nous ne sommes point riches. La communauté peine à subvenir à ses dépenses de première nécessité, alors, pensez, une rançon est inconcevable pour nos maigres ressources.

- Nous ne négligeons aucune hypothèse dans cette enquête, ma mère. Nous étudions les différentes pistes qui pourraient aboutir à un ou des suspects dans le secteur. Les hasards sont porteurs, parfois, d'agréables surprises. D'ailleurs, les maîtres-chiens ratisseront la forêt dès ce soir. Avez-vous un objet appartenant au petit ?

- Nous vous l'avions préparé. Nous avions été prévenus par la directrice de la crèche, Madame Mendes. Tenez prenez-le et faites en bon usage, commandant.

- Nos investigations n'auront pas de limite, je vous le promets, assura Dorman en récupérant l'ourson.

- Que le ciel vous entende et que le Seigneur vous éclaire, ainsi que les ravisseurs à renoncer à leur projet. Nous allons prier pour eux. Les cloches sonnent complies, je vous quitte, commandant.

- Je vous tiendrai informer des résultats, affirma la lieutenant en se penchant vers les parents.

Dès que la porte d'entrée fut franchie, le commandant Dorman confia l'ours à sa collègue.

- Voici votre peluche, Duharec, un bon vieux Teddy-Bear, à la senteur lait caillé. Ils ne vont pas être déçus, les clébards de la brigade.

- En espérant qu'il serve à quelque chose. À moins d'exiger une somme d'argent, pourquoi le gosse ? Et quel serait le mobile ? Nos heures sont comptées.

- C'est pourquoi nous allons, illico, apporter l'ourson et participer à la battue. Dans un cas comme celui-là, lieutenant, pour tenir sans souper, le beignet s'impose. Il nous faut trouver une boulangerie ouverte, bon sang. Le sucre, il n'y a que ça de vrai pour vous remonter le moral. Il est le pendant du chocolat.

- Je préférerais une galette sèche.

- Je ne suis pas contrariant en cette après-midi qui s'éternise et finira fort tard. Ventre affamé crie famine. Imitons la supplique de la mère supérieure : que le Seigneur guide nos pas vers le fournil.

VII

Le blanc a disparu.

Grise est la couleur maintenant.

Mercredi 7 janvier.

Pontarlier 19 h 00.

Devant le distributeur de boissons chaudes du commissariat se tenaient les deux D.

- Faisons le point, Duharec. Listons le positif et le négatif.

- En positif, nous avons la plainte du propriétaire du camion. Il a été volé dans la nuit du 31 décembre.

- Au moins un d'épargné. Il n'aura pas été cramé. Il a encore ses chances.

- Ouais, bon, il n'a pas été retrouvé que je sache. Il faut dire qu'un Ford Transit blanc sale, nous en avons une sacrée quantité dans les parages. Ce n'est pas ce qui manque avec la zone industrielle. Pour autant que nos ravisseurs aient changé les plaques d'immatriculation, nous cherchons une aiguille dans une botte de foin.

- Et la meule est volumineuse avec nos hectares de forêts truffées de grottes naturelles.

- En négatif, le reste. Pas d'empreintes, pas de revendication, pas de rançon, le bide total.

- Les chiens depuis cette nuit ?

- Trop tôt pour se prononcer. Les collègues ne savent pas vraiment où chercher. Le périmètre n'a pas été déterminé en fin stratège, vous avez dû le remarquer vous aussi depuis hier soir ? L'empire est vaste, la truffe a ses limites.

- Alea jacta est, Duharec.

Pour une raison qui lui échappait, Dorman était sceptique. Il se noyait dans la fosse. Les remous nauséabonds provoqués par sa témérité à s'extirper du purin amplifiaient l'illogisme qu'il éprouvait.

- Il y a quelque chose qui cloche, lieutenant. Ce n'est pas clair, non, ce n'est vraiment pas clair, insista-t-il perplexe.

VIII

Je remue plus que d'habitude.
Je ne comprends pas.
L'odeur a changé.
Elle est forte.
Elle m'empêche de respirer.

Jeudi 8 janvier.
Montbenoît 10 h 50.
Parking du garage Touderoc.

- J'ai touché à rien, commissaire. J'arrive, cria le garagiste en bleu de travail, à son attention.

Il traversa la chaussée en courant, manquant de peu une chute mémorable sur l'unique plaque de verglas, vestige du manteau neigeux du début de la semaine.

- Commandant Dorman et voici ma collègue Duharec. Reprenez votre souffle, mon ami.

- Mille excuses, les grades, je ne les mémorise pas.

- Je ne vous en tiens pas rigueur. Expliquez-nous.

- Je reviens de vacances, trois jours au ballon d'Alsace, pas un nuage, que du ciel bleu, un soleil magnifique sur la poudreuse. Paraît qu'il a neigé, ici. Quelle veine j'ai eu ! Quasiment personne sur les pistes, le remonte pente sans la queue du dimanche. Je ne vous dis pas le rêve, commissaire.

- Ne me le dites pas et c'est commandant.

- Ah oui, c'est vrai, commandant. Donc, j'arrive ce matin vers 8 heures et je trouve ce Ford blanc. Bon, je demande aux gars du chantier d'à côté, car les places dans la rue principale sont chères, y'en a pas bésef, mais il ne leur appartient pas. Remarquez qu'ils aimeraient bien, il est plus récent que le leur, je parle du camion. Je téléphone alors aux connaissances pour savoir si quelqu'un était en panne. Que dalle, et je suis bien emmerdé car, à cause de ce véhicule à la con, j'ai dû pénétrer par le bureau. Je ne peux pas ouvrir la porte métallique et sortir les bagnoles pour bosser. Du coup, j'ai téléphoné à la gendarmerie du coin pour la fourrière. Quand je lui ai communiqué le signalement, elle a dit que c'est vous qui viendriez en premier. Les gendarmes avaient une affaire urgente à traiter en priorité. Je devais vous attendre. Je suis allé boire un café et je guettais votre arrivée dans le bistrot.

Sans blague, pensa Dorman. Je me doute de laquelle de priorité il s'agit.

- Eh bien, nous n'allons pas vous faire attendre une minute de plus, nous allons donc vous l'enlever du milieu, ce camion. Nous devons procéder d'abord à un inventaire visuel avant le transport. Nous devons y accéder sans abîmer quoique ce soit. Il va falloir ouvrir les portières sans les endommager.

- Ça, c'est de mon ressort. J'ai le matos pour les gens qui oublient leurs clés à l'intérieur. Remarquez que, maintenant, cela arrive moins souvent, ils ont des clés électroniques à carte.

- Attention pour les empreintes

- Vous inquiétez pas, commissaire, répondit-il en s'éloignant. J'ai des gants en latex, à cause des peintures. On a déjà la graisse et le cambouis qui s'incrustent sous les ongles, alors, si on y rajoute de la couleur, ça va finir par faire négligé et la bourgeoise, elle ne serait pas contente. Vous me comprenez, commissaire, les femmes...

- J'y renonce, soupira Dorman en se tournant vers Duharec.

Cinq minutes s'étaient écoulées lorsque les deux D virent revenir à grands pas Monsieur Touderoc ganté de frais. Il s'attaqua immédiatement à la portière côté passager.

- Allez, poussez-vous. Faut pas gêner. Il faut y aller en douceur sinon on pète la vitre. Dîtes, commissaire, vous avez un mandat comme dans les films ?

- Pas besoin, nous avons l'identité du propriétaire et son accord.

- OK, c'est vous le boss, c'est vous qui commandez la manœuvre.

Maestro de la carrosserie.

Agilité du savoir.

Respect.

- Merde ! Qu'est ce que ça chlingue, là-dedans. Il transporte quoi, votre camion ? dit-il en reculant. C'est sûrement dans la cabine vu qu'il est cloisonné, votre bolide.

- Nous le saurons lorsque vous aurez forcé la porte arrière ou la latérale, au choix.

- Il me faut d'autres outils. J'enlève ceux-ci et j'y retourne.

Pouvez pas le dire avant, maugréa Touderoc en poussant la servante pour ouvrir les tiroirs de l'établi. Il exagère un peu, le commissaire, je ne suis pas à son service. Je veux bien aider mais il n'est pas très futé, le boss. Virer cet engin avec la dépanneuse aurait été plus simple, rapide et plus efficace. Me demande bien ce qu'il cherche. J'ai du boulot qui m'attend, moi. Je ne suis pas un fonctionnaire comme ces deux-là.

- Voilà, voilà, prononça-t-il sur un ton jovial, avec l'espoir que l'opération touche à sa fin.

Je ne vais pas m'attarder, pensa-t-il. Je vais te la torcher en vitesse, la mission, et que ça dégage de mon parking. Pour une reprise, j'ai pas de bol. Il fallait que ça tombe sur moi.

Parfois, la pilule s'avérait difficile à avaler. Celle-ci était honnête en proportion.

Monsieur Touderoc avait eu la gorge nouée. Seul le juron proféré au moment où il avait découvert la chose lui avait fait perdre l'équilibre, bousculant au passage la lieutenant Duharec qui s'était retenue à son supérieur in extremis. Le spectacle avait donné lieu à un flot de paroles incompréhensibles pour les deux policiers.

- Éloignez-le, Duharec. Qu'il se calme, il ameute le quartier. Les autochtones vont rappliquer à la vue de sa réaction, légitime d'ailleurs.

- Je l'emmène dans son bureau, commandant, et je reviens.

- Affirmatif. Je préviens le légiste, la scientifique et la mère supérieure. Sacré merdier que nous avons sur les bras, lieutenant. Après leur arrivée, je rendrai une petite visite au couvent. Je préfère annoncer la mauvaise nouvelle aux parents moi-même.

En attendant la venue de l'équipe, Dorman grimpa dans l'habitacle. Il enjamba les habits du petit Lévy ainsi que sa couverture qui tapissait le plancher du camion. Ils avaient été éparpillés au milieu d'un sac de couches éventré, sans motif apparent. Une espèce de vieille cordelette coupée en deux, avec une médaille, avait été jetée contre la roue de secours. Il se dégagea un espace.

Plié en deux au-dessus du corps inerte, il étudia le cadavre de la religieuse. Son cou avait été tranché sur au moins 7 cm de long, ayant atteint la carotide gauche. La trachée avait été sectionnée en profondeur jusqu'à l'apparition des cervicales. Il en aurait confirmation avec l'autopsie de Jefferson. La balafre mortifère signait le tueur ou la tueuse du père Vlad. Apercevant la caisse à outils oubliée par le garagiste, il y vit une aide providentielle. Il s'empara d'une pince et s'apprêtait à retourner la poussette lorsqu'il entendit Duharec parler avec un gendarme.

- Une seconde, commandant, nous venons vous aider. L'équipe va arriver d'une minute à l'autre.

- Je voudrais juste vérifier si l'enfant est vivant bien que ce silence soit inquiétant., présageant de mauvais augure.

Espérance envolée.

Soulagement et révolte.

- Nous sillonnons le chemin de l'enfer, lieutenant. Les flammes nous encerclent. Nous brûlerons si nous continuons à alimenter le brasier avec notre incompétence. L'incendie se propage et pas de coupe-feu opérationnel. Nous ne contrôlons pas la situation.

- Nous allons les choper, commandant. Je vous le promets.

- Ils vont vite, lieutenant, et ils sont déterminés. Ça pue le morbide à plein nez. En trois jours, nous avons sur les bras deux meurtres de religieux et un enlèvement d'enfant, dotés d'un gros point d'interrogation. Il va nous falloir retourner voir notre ami Van Briggen dans son quatre-étoiles.

- La scientifique est en train de se garer, commandant.

- Allez les briefer pendant que je fais un saut à Combes. Je reviendrai vous chercher, et empêcher le garagiste de boire un calva au bistrot, c'est suffisamment compliquer d'éviter les médias. Si nous pouvions grappiller des heures en sus pour nos recherches, ce serait toujours ça de gagner.

- OK, j'y vais. Je resterai auprès de lui.

Les Combes 12 h 00.

Dix coups pour un crime non élucidé.

Douze pour un deuxième.

Le calme revenu, les cloches du couvent rythmaient le glissement des robes sur les dalles ancestrales tel un frôlement d'ailes de papillon.

Elles sont si fragiles, mes sœurs, songea la mère supérieure, après l'annonce du commandant. Elle avait pu vérifier ce constat maintes et maintes fois. La plupart de ses filles s'isolaient derrière les remparts de l'église catholique. Il y en avait peu qui avaient consenti à s'extirper du carcan monacal pour aller chercher le petit à la crèche durant la convalescence de sœur Marie. Sœur Emmanuelle s'était dévouée vis-à-vis de la communauté.

Je sais qu'elle essayait de cacher la joie que lui procurait cette escapade, seulement ses pupilles trahissaient un bonheur incommensurable.

Comment vais-je leur expliquer la mauvaise nouvelle ? se demanda la mère supérieure. Je me dois de trouver les mots justes, ceux qui réconfortent et touchent l'âme. Combien seront-elles à sombrer dans le chaos des ténèbres ? J'appréhende, Seigneur, la houle qui pointe à l'horizon. La tempête jaillira-t-elle des sombres spéculations ?

Elle se dirigea vers la chapelle.

Seigneur, pria la mère supérieure aux pieds de la croix. Je ne vois plus le chemin devant moi. Je ne peux prédire avec certitude où il aboutira. Conduis-moi sur la bonne route, que je suive ta volonté. J'ai toujours eu foi en toi, même lorsque j'avais l'impression de m'être perdue. Je marche, aujourd'hui, dans l'ombre de la faucheuse. Je n'ai aucune crainte car tu es présent et jamais tu ne me laisseras seule dans le péril. Je m'en remets à toi, Seigneur, parce que je t'aime et que ma bouche parlera en ton nom.

Sexte réclamait la prière à la sixième heure du jour, celle qui commémorait la crucifixion du Christ. La mère supérieure avait enfin compris le signe des cieux. Dignement, elle avait pris la direction du réfectoire. Elle s'apprêtait à franchir la porte des regrets.

Elle entra. Les nones étaient assises à leurs places respectives. Elle s'approcha du lutrin et tourna lentement les pages jusqu'au psaume XIII de David qu'elle lut à haute et intelligible voix.

« Jusqu'à quand, Éternel ! M'oublieras-tu sans cesse ! Jusqu'à quand me cacheras-tu ta face ? Jusqu'à quand aurais-je des soucis dans mon âme et chaque jour du chagrin dans mon cœur ? Jusqu'à quand mon ennemi s'élèvera-t-il contre moi. Regarde, réponds-moi, Éternel, mon Dieu ! Éclaire mes yeux afin que je ne m'endorme pas dans la mort, afin que mon ennemi ne dise pas : je l'ai vaincu ! Et que mes adversaires ne soient pas dans l'euphorie si je chancelle. Mais, moi, j'ai confiance en ta bonté, mon esprit est dans l'allégresse à cause de ton salut. Je chanterai à l'Éternel car il m'a fait du bien. »

Communions ensemble, mes sœurs, car le Seigneur nous envoie une douloureuse épreuve. Il a rappelé auprès de lui notre bien aimée sœur Emmanuelle. Son corps a été retrouvé sauvagement assassiné dans le camion qui nous avait été décrit par le commandant Dorman qui se trouve actuellement avec nos amis Levy.

Un cri d'effroi parcourut la salle. D'un geste, la mère supérieure imposa le silence.

Quant à notre cher petit, il n'y a point trace de sa présence, hormis ses habits du jour et la poussette, continua-t-elle. Prions, mes sœurs, pour celle qui se trouve désormais auprès de notre Seigneur et pour notre petit Jacques enlevé. Prions pour notre chère Madame Levy et son mari pendant que le policier leur relate les faits. Ne faisons pas entrer la haine dans nos cœurs, accordons le pardon et la miséricorde.

La lourdeur du message porté par les frêles épaules de la mère pesait sur les consciences. D'une seule voix, les épouses du Christ se mirent à spasmoldier en égrenant leurs chapelets de buis. Les magnifiques vitraux n'égayaient plus la pièce. L'ambiance était aux pleurs. La tristesse avait envahi les corps. Des reniflements rompaient par moments la litanie suivie, de près, par le mouchoir prévoyant qu'on avait tiré de la poche.

La mère supérieure savait que les sanglots viendraient plus tard dans l'isolement des cellules, que les torrents de larmes versés soulageraient momentanément le malheur qui les frappait au sein de la communauté. En cet instant de repli sur soi, elles avaient faim de justice et non de victuailles. Les mets cuisinés par sœur Béatrice refroidissaient dans les assiettes, contraire à leur principe de ne point gaspiller les denrées terrestres, ayant fait vœu de pauvreté et d'hospitalité.

Accablée, magnifiée par son courage à affronter le mal, la mère supérieure termina l'oraison. Retenant des larmes qui ne demandaient qu'à couler le long de ses joues, elle clôtura le psaume.

« Exauce tes humbles servantes, Seigneur. Par la résurrection, ce n'est pas la mort, aujourd'hui qui nous interpelle, c'est ta parole créatrice. Nous avons soif de paix et d'amour. Par ton étincelle divine, illumine-nous. Soit notre lumière et notre force. »

Épuisée par la charge, elle se retira dans son bureau pour un jeune salvateur. Elle savait que lorsque la chair leur serait rendue, que lorsque l'inhumation serait pratiquée, que lorsque les larmes seraient taries, il lui faudrait expliquer à ses filles l'acte inhumain, leur décrire l'indescriptible pour la compréhension de toutes.

Elle se devait de téléphoner.

Elle ne pouvait plus reculer.

Peut-être n'était-il pas trop tard ?

Dans le coffret que lui avait confié le feu père Vlad, elle prit le carnet relié en cuir noir, usagé par des manipulations répétées à travers les âges. Elle avait espéré ne jamais tourner les pages, ne jamais lire ce numéro de téléphone.

D'une main hésitante, elle souleva le combiné et tapa les chiffres sur le cadran.

À des centaines de kilomètres, dans la cité du Vatican, une sonnerie se mit à retentir. Un timbre chaleureux répondit à l'appel dans l'antichambre du pape.

- Si.

- Cardinal Luchini ?

- Si.

- Madre Superiora del Convento. Il bambino è scomparso, devi venire. Je vous attends.

Montbenoît 13 h 25.

Entre les congères qui s'étaient formées sur le bord de la départementale, le commandant Dorman accélérait dangereusement. Le défilé rapide du paysage était une griserie qui seyait à son comportement. La tourmente ressentie accouchait des réponses qui ne le satisfaisaient pas. Il avait le désagréable sentiment que ses interlocuteurs se moquaient de lui et cela ne lui plaisait pas du tout.

À quoi bon se donner à fond si la vérité s'apparente à un mensonge ? se demandait-il entre deux virages. Pourquoi est-ce que j'éprouve tant de suspicions ? Il y a anguille sous roche. La fin justifie-t-elle les moyens ? Comme disait ce cher Jefferson, dimanche, faut creuser. Et je vais creuser, foi de Dorman. Je vais creuser si profondément que je dépasserai l'improbabilité. J'irai au-delà des limites acceptables. Je renverserai les montagnes. Au besoin, je forcerai le barrage des secrets, car secret il y a, mon flair ne se trompe jamais.

Arrivée spectaculaire.

Crissement de pneus sur le bitume sablé, glissade sur le verglas qui fondait.

- Alors, Duharec. Comment s'est déroulée l'opération pendant mon absence ?

- Notre sieur garagiste avait des ressorts sous ses semelles après votre départ. Il n'est pas resté longtemps en exil dans son bureau. Un vrai zébulon à se renseigner auprès de nos gars, les empêchant de bosser correctement, un emmerdeur de première. J'ai dû le retenir par le bras pour qu'il ne s'immisce pas dans les travaux. Si je l'avais autorisé, il serait allé jusqu'à prendre des photos souvenirs. Vous vous rendez compte, commandant, je suis outrée. Quel comportement ! Mais où va le monde de nos jours ? Quel voyeurisme ! Ah ! il ne risquait pas de se torcher chez le voisin, de l'autre côté de la rue. Il était aux anges de ne pas avoir été relégué à l'arrière-plan. Son épouvante à l'ouverture du van s'est vite évaporée. D'ailleurs, les motivations pour sa besogne, aussi, se sont envolées. L'occasion de briller par la suite vis-à-vis de ses copains de beuverie a suscité un engouement déplacé. Il se voit déjà sous les feux de la rampe, les projecteurs de la gloire médiatique braqués sur sa personne. Pour en terminer, j'ai eu du mal à le contenir. Sinon, il s'est empressé de convoyer le camion avec sa dépanneuse jusqu'au poste. J'espère seulement qu'il ne continuera pas à les agacer comme ici. Vous verrez qu'il appréciera la course, une publicité gratuite pour son établissement. Il saura se mettre en valeur, croyez-moi.

- À part ça, Duharec ?

- Pas de caméra à l'extérieur. Les boutiques ne protègent que leur intérieur avec des alarmes et la caméra de la banque est dans l'autre rue.

- Mauvaise pioche. Il faudra quand même visionner. Ils sont bien repartis avec un véhicule. Nous pourrons au moins déterminer si des bagnoles circulaient dans le bled cette nuit ou la nuit précédente puisque personne n'avait remarqué le camion avant ce matin. Quoi d'autre ?

- La scientifique a relevé de nombreuses empreintes. Elle craint qu'il ne s'agisse de celles du propriétaire du véhicule. Quant à la blessure, Jefferson suppose un couteau ou un objet s'y approchant, pouvant trancher les muscles sans bavures, comme celui qui a découpé les muscles du curé. Il nous confirmera demain, après l'autopsie de la religieuse, par comparaison.

- Bien. Avez-vous mangé, lieutenant ?

- Non.

- Moi non plus, pas même un beignet, c'est dire…

- Qu'il y a du bon dans cette enquête.

- Trêve de plaisanteries, Duharec, allons nous restaurer au bistrot, justement, et délions les langues. On nous confiera, peut-être, une nouveauté. Ensuite, nous irons rendre visite à notre sympathique taulard.

Besançon 16 h 30.

- La prison est sinistre, commandant, et sans soleil, elle est carrément déprimante.

- L'endroit est une forteresse du crime, lieutenant. Le château fort du XXIe siècle renferme les abominations de la délinquance porcine qui se vautre dans la boue. Des gibiers de potence croupissent dans les geôles modernes.

- Vous n'exagérez pas un peu, commandant ?

- Oh, si peu, Duharec, si peu. Le gibet est, quoi qu'il en soit, d'actualité dans les tribunaux hors de nos frontières. La sentence n'est pas très clémente ailleurs. Portons notre regard vers le soleil levant, on y pratique la pendaison et la fusillade, outre atlantique la seringue létale. On récolte ce qu'on sème, lieutenant, et nous, nous allons comptabiliser la valeur de notre moisson.

Le condamné Van Briggen, égal à lui-même, ostensiblement infatué, ricana dans le parloir. Encadré de ses deux gardiens, il se gaussa en les apostrophant.

- Salut, le chef de brigade. Si vous venez à la pêche aux infos, vous et votre acolyte, cela signifie alors que vous piétinez dans le cul de basse-fosse ?

L'impertinence du prisonnier irrita Dorman. L'envie de lui envoyer le poing dans sa figure arrogante démangea le commandant. Il regretta l'époque bénie du duel.

- Avez-vous glané des renseignements ? Selon leurs qualités, un arrangement est envisageable ?

- Qu'est-ce que j'y gagne ?

- De quoi vous racheter.

- Des années de taule en moins ?

- Il vous reste la moitié à croupir dans ses murs, 12 ans à tirer sur les 20. Calculez Van Briggen. Avec des remises de peine pour bonne conduite, une possibilité de travail à l'extérieur. Votre condition de détenue s'améliorerait considérablement.

- J'y perds le respect des miens. Le jeu n'en vaut pas la chandelle.

- Vous êtes un caïd, vous, Van Briggen, pas vrai ? Un dur qui s'est fait serrer comme un débutant.

- Faîtes pas chier, le poulet. Si vous êtes là, c'est que vous êtes dans la panade.

- Vous acceptez le marché, oui ou non ?

- Je ne parlerai pas. Vous secouez le mauvais cocotier.

- Qui vous dis de parler ? Vous pouvez cligner des yeux que je sache, vous n'êtes pas impotent.

- Pour ça, faut voir.

- C'est tout vu. Je pose les questions, vous jouez des paupières. Nous sommes d'accord ?

Un rire tonitruant rompit l'atmosphère. Il concluait le marché entre les adversaires.

- Un gars a-t-il repris le flambeau depuis votre incarcération ?

Clignement.

- Est-il copain avec ceux qui ont profané le cimetière juif il y a quelques mois.

Clignement.

- Est-ce un ancien de votre groupuscule ?

De marbre.

- Un extrémiste ?

Clignement.

- Savez-vous où il crèche ?

De marbre.

- Opère-t-il seul ?

Clignement.

- Recrute-t-il en ce moment pour former une bande néonazie ?

Clignement.

- Sont-ils une dizaine ?

De marbre.

- Moins de dix ?

Clignement.

- Entre cinq et dix ?

De marbre.

- Moins de cinq individus ?

Clignement.

- Est-il du département ?

De marbre.

- D'à côté ?

Clignement.

- Bien, nous en avons fini pour cette après-midi, Van Briggen. Si votre mémoire fait surgir un scoop, vous savez comment me joindre.

- Fais ton boulot, poulet, et oublie-moi. Toi et moi, c'est mauvais pour ma réputation, crâna le détenu en quittant la pièce.

Duharec se précipita, elle aussi, vers la sortie. L'air confiné lui était pesant, à l'opposé de son chef qui semblait à l'aise dans cet univers carcéral comme un poisson dans l'eau.

Sur le retour, les deux D analysèrent la situation.

- Le gars dont il nous a parlé, vous y croyez, commandant ?

- Les extrêmes s'attirent, alors pourquoi pas ?

- Quand même, il y a un truc qui me chiffonne. Je n'arrête pas d'y songer depuis que l'entretien est terminé. Et si Van Briggen bluffait pour se payer notre tronche ? Son arrogance envers nous en était écœurante. Je trouve qu'il avait le triomphe écrasant de celui qui détient le pouvoir.

- Van Briggen aime le combat, le défi à relever, surtout avec la police. À notre avantage, il ne souhaite pas être foulé aux pieds par un électron libre, je connais bien sa personnalité. Il pourrait, effectivement, nous suggérer le gars pour que nous l'éliminions du circuit à sa place pendant sa détention. En sortant, le champ serait libre. J'y avais aussi pensé, Duharec.

- Et il conserverait intacte son aura.

- D'autant que douze années d'emprisonnement seront vite effectuées. J'ai relu son dossier. Sa condamnation n'est pas incompressible. En se tenant à carreaux, il sortira avant la fin.

- Pas de quoi se rengorger.

- À l'œuvre, on reconnaît l'artisan, Duharec. Recherchons le boucher du bon Dieu, l'éventreur qui sème l'affliction. Il doit bien se terrer quelque part. Nous le débusquerons avec l'aide des collègues. 48 heures pour un enlèvement d'enfant, c'est beaucoup.

- Vous émettez l'hypothèse d'un sacrifice humain ?

- Le patronyme, lieutenant. Songez au nom de famille.

- Levy, un nom juif.

- Voilà. Tout est dit, il n'y a rien à rajouter. Un kidnapping vaut acceptation lorsque l'enjeu est conséquent pour réussir le test d'entrée. Par la suite, j'appréhende un désintéressement vis-à-vis de l'enfant pouvant aboutir à une gêne qui entraînerait, par ricochet, la suppression du gêneur.

- Une idée diabolique, commandant.

- Satan revient, lieutenant. La conjoncture du mal-être de notre société aboutit à une pléthore de cinglés inextinguible qui s'acharne sur l'étranger, le faible, le miséreux. Dans l'antiquité, les Grecs nommaient barbare quiconque était issu d'un pays autre que l'empire hellénistique. Ne l'oublions pas, il y a des restes indélébiles.

- De quoi se sentir indignée et révoltée.

- Un meurtre ou quarante, lieutenant, qu'importe le chiffre, on ne pend qu'une fois.

- Sur une échelle de Richter, entre sadisme et détermination, nous aurions 10 en résultat avec nos deux cadavres.

- N'ayons aucune pitié pour les salopards. La traque continue, Duharec. Endossons le costume de justicier en l'honneur des parents Levy.

IX

Noir.

Peur.

Je suis mouillé.

Pourquoi ne vient-elle pas ?

Je vais crier.

Je crie.

Vendredi 9 janvier.

Les Combes 9 h 30.

Couloir du couvent.

- Agréable voyage, cardinal Luchini ? questionna poliment la mère supérieure en se dirigeant vers la bibliothèque.

Elle tenait trois manuscrits enluminés et brochés dont la reliure en cuir gaufré aux lettres gothiques prouvait leur ancienneté et leur valeur marchande.

L'ecclésiastique, portant vigoureusement la cinquantaine, s'inclina dans sa tenue civile. Point de calotte, ni d'écharpe, point de chape, ni de cape, seul signe ostentatoire, la croix pectorale, sous le manteau gris, souris précisait son rang dans la hiérarchie catholique. Des relents de tabac froid trahissaient une grande consommation de cigarettes, ce qui surprenait la pieuse femme. En fin connaisseur, il était subjugué par les bouquins. Son admiration coupa court néanmoins.

- Fastidieux et ennuyeux, lui répondit-il d'une voix rauque.

Il affichait son mécontentement. Il avait dû déléguer sa charge au sein de la curie à un subalterne. Cette escapade, loin du Vatican, le pesait. Pourtant, en son âme et conscience, il honorerait la mission papale.

- Connaît-on l'avancée de l'enquête, ma mère ?

- Les deux policiers qui s'investissent activement dans les recherches ne communiquent guère avec le couvent, Monseigneur.

- Nous devons vérifier ce qui doit l'être avant d'élaborer une quelconque théorie.

- Je n'aurais pas pris cette décision sans votre accord.

- Il va de soi et nous avons l'assentiment de notre bien aimé pape. Nous irons dès que j'aurai défait ma valise.

- Je vous montre vos appartements, Monseigneur. Suivez-moi. Je rangerai ceci plus tard, dit-elle en serrant contre elle les livres.

En guise d'appartement, le cardinal Luchini découvrit un salon exigu meublé d'un secrétaire dans le style Henri II, d'une chaise en pailles, d'un fauteuil crapaud à la tapisserie vieillotte dont le capitonnage avait été tassé à force d'accueillir des postérieurs de toutes conditions. Attenante à la chambre spartiate aux murs jaunis, une salle d'eau couleur crème se composait d'un lavabo marron foncé sur colonne, d'un bidet datant de Mathusalem, d'un w.-c. des plus ordinaires et d'une douche à l'italienne dont l'antique rideau à anneaux aux motifs feuilles d'automne vous garantissait l'intimité. Le logis était conforme à l'ordre de la congrégation : la simplicité, remettant en cause le luxe dans lequel évoluait l'envoyé du Vatican. Le cardinal ne crachait pas dans la soupe, l'aisance conférée par son statut s'accordait à ses goûts. Face à la porte, une statue de la Vierge servait d'oratoire tandis qu'un crucifix accroché au-dessus du lit veillait sur le sommeil du dormeur.

Pas de télévision, pas de radio, pas d'internet.

Pratique pour communiquer, se lamenta le prélat. La mère supérieure concentre ses efforts sur l'application stricte de la règle. Elle pourvoit au strict minimum avec autorité. Espérons qu'elle a réservé une pièce pour la technologie de notre siècle, lâcha-t-il en poussant un profond soupir. Il eut tôt fait de la rejoindre.

- Sommes-nous prêts à partir, ma mère ?

- Nous le sommes.

- Alors, ne tardons point. Conduisez-moi sur les lieux.

Départementale 437 10 h 20.

Où est-ce que j'ai atterri, se demanda le cardinal Luchini dans l'Ami 6. Si cette guimbarde franchit le col, j'en mange ma barrette. Bientôt, il faudra lui souffler dessus pour qu'elle avance plus vite, ou la pousser dans cette interminable côte, se lamenta-t-il. Il y a confusion, Seigneur, entre sacerdoce et pénitence. Et que je te trimballe, et que je te remue dans tous les sens, et que j'ai envie de m'en griller une. Le regard noir qu'elle m'a lancé tout à l'heure, la mère, quand j'ai sorti le paquet. J'ai fait mine de compter le nombre de cigarettes qu'il me restait mais je ne la crois pas dupe à ce point. Je fumerai dès que nous aurons stoppé. Elle a annoncé une dizaine de kilomètres à parcourir. À cette vitesse d'escargot, le repas de midi va sauter. Bonne intuition de te rassasier avec un troisième croissant pur beurre dans l'avion, Luchini. La confiture à la rose était délicieuse, longue en bouche, un régal. Je devrais le suggérer au cuisinier de la cité, à l'insu de l'institution. Péché de gourmandise, Seigneur, mais les compensations sont rares. En ce qui concerne le café, pas fameux, rien ne vaut un bon ristretto à l'italienne serré et sans sucre. Tiens, on dirait qu'elle prie. Je ne suis pas le seul à invoquer Dieu dans ce périple. Blasphème, Luchini, Blasphème.

Les lèvres de la mère supérieure formaient des phrases inaudibles qui accompagnaient les lacets. À chaque virage, elle émettait une plainte craintive.

- Qu'avez-vous, ma mère ?

- J'ai la hantise de ce que nous allons découvrir. J'ai une peur inexplicable qui détruit ma sérénité.

- Nous serons bientôt fixés sur l'avenir. Il est inutile de vous alarmer auparavant, lui répondit-il sur un ton rassurant.

Dans la réalité, il s'insurgeait. Il tempêtait intérieurement.

Mais appuis donc sur le champignon et nous aurons terminé l'ascension.

Il lui aurait arraché le volant des mains s'il avait osé.

Mais où je suis tombé ? Chez les moniales en détresse ou quoi ? Si je dois lui lire le fac-similé, elle risque de s'effondrer et, dans ce cas, autant lui dire la vérité avant de rentrer.

- Nous arrivons, Monseigneur. Nous stationnerons sur ce parking et continuerons à pied. Il n'y a pas d'autres moyens pour y accéder.

- Vous êtes mon guide, ma mère. Une fois n'est pas coutume.

À peine eut-il sorti du véhicule que le prélat alluma une cigarette. Il aspira la fumée. Cette dernière eut l'immense loisir de remplir ses poumons voluptueusement, tapissant d'un voile goudronneux ses alvéoles. Il savoura la chaleur interne qu'elle lui procura, un moment de plaisir intense inégalé. Accroc à la nicotine, il tira sur le filtre comme un dragon. Les volutes se dispersèrent dans la nature, et, surtout, dans le dos de la religieuse qui accéléra la cadence. Elle s'éloigna de l'odeur de tabac envahissante. Le cardinal constata le dérangement occasionné.

Elle crapahute comme une chèvre, constata-t-il amusé. Elle agrandit la distance qui nous sépare. Qu'elle y arrive donc la première, la course aux malheurs, j'ai déjà donné. Je ne suis pas pressé de constater les dégâts. Nous avons d'ailleurs envisagé, avec sa Sainteté, les mesures qui s'imposeraient dans un pareil cas. La trame a été tissée depuis de nombreuses décennies. Il suffira d'appliquer scrupuleusement ce qui a été prévu en l'actualisant et le scénario s'accomplira sans aucune anicroche. Tout rentrera dans l'ordre des choses.

- Voilà, nous y sommes.

- Voici donc la fameuse chapelle qui a tant fait couler d'encre.

- Oui. Elle fut érigée après l'épidémie de peste noire en 1 636 à la mémoire de Jeanne Laignier qui se porta volontaire pour soigner les pestiférés en dehors des villages avoisinants. Son nom, Niai-Nion, signifie « Je n'ai personne », dernière phrase prononcée par Jeanne.

- Des temps obscurs, ma mère. Il fallait enrayer la contagion pour minimiser les pertes causées par la maladie. Les hommes d'aujourd'hui réagissent parfois avec un comportement à l'identique. L'animalité enfouie en chacun de nous lève le masque pour sa survie.

- Le passage est ici. Je vous précède, Monseigneur.

- Je ne ferais pas l'acrobate sur ce muret, promis, lui répondit le cardinal Luchini sur un ton jovial, en jetant son mégot éteint dans un fourré. Biodégradable, ma mère.

Et écrase donc les ronces et les orties devant moi., espéra-t-il.

Il souriait devant sa détermination.

- Pas le filtre, releva la mère supérieure.

- Si, si, le filtre aussi. Qu'avons-nous ?

- La serrure a été fracturée. Une personne est entrée.

- Elle n'est jamais ouverte ?

- Non, c'est pourquoi la porte possède une partie en tôle pleine et une partie ajourée avec des barreaux.

- Une grille, en fait.

- Exactement.

- Eh bien, pénétrons, ma mère. Allons à la rencontre du saint lieu.

La voix caverneuse du cardinal résonna à l'intérieur. Les deux ecclésiastiques contemplèrent le désastre.

Mise à part l'autel de pierre, il ne restait quasiment rien, excepté la croix en bois. Les trois tableaux emportés avaient laissé leurs marques sur les murs blanchis à la chaux, au même titre que les ex-voto dont les modestes clous indiquaient encore leurs emplacements. Le reliquaire avait quitté sa niche.

Triste constatation.

- Le vol a-t-il été signalé, ma mère ?

- Je ne l'ai pas lu dans les journaux.

- Dans ce cas, il est de notre devoir de nous rendre à la gendarmerie du plus proche hameau et de nous mettre en rapport avec ce policier qui chapeaute les deux meurtres.

- Doux Jésus, que se passe-t-il donc en ce moment ?

- L'armaguédon, l'antéchrist. Un individu a ouvert la boîte de Pandore. La lave maléfique s'écoule de la bouche des enfers. Elle consume les êtres, elle enflamme les esprits. Peu de gens savent, ma mère, que tous les lieux de culte abandonnés, qu'ils se nomment chapelles, églises, temples ou mosquées, attirent la convoitise du démon. A-t-on négligé un tant soit peu l'endroit, et le mal s'en imprègne. Il y pose ses valises, possède l'âme qui s'y égare comme une mouche dans une toile d'araignée. Elle est prise au piège pour l'éternité.

Terrifiée, la religieuse se signa plusieurs fois. Elle se dépêcha de fuir le lieu sacré comme si les spectres des miséreux étaient à ses trousses.

Et voilà, maintenant, qu'elle dévale le sentier au risque de se rompre le cou. Elle court à perdre haleine dans les flaques de boue, pensa le cardinal en essayant de stopper le rire qui montait dans sa gorge, et Dieu sait que la situation ne prête pas à rire. Je ne m'exciterai pas à la rattraper. La neige fondue a taché le bas de mon pantalon, sans compter les mocassins. Je n'ai pas envie de maculer la veste en sautant comme un cabri. Je sais que l'enfant court un grand danger mais la précipitation est souvent néfaste. À chaud, les émotions s'emballent, la lumière s'éteint, la peur cède devant la raison. Regardez-moi cette tornade s'éloignant vers son carrosse. Je vais profiter de ce répit pour téléphoner.

De la poche intérieure de sa veste, le prélat sortit un modèle récent de marque iPhone, un bijou de technologie concentrée dans un petit boîtier couleur argent.

Il leva son bras vers les cieux, gesticula, enragea et capitula, vaincu.

Pas de réseau.

Impossible de converser avec le souverain pontife. Habitué aux situations périlleuses, il trouverait l'instant propice à la confidence. Au besoin, il le provoquerait, cet instant.

Retour à la case numéro un de ce jeu énigmatique. Il ne toucherait pas les vingt mille.

Pontarlier 12 h 30.

Pierre Martin terminait son repas dans la cantine bruyante du lycée. Le nez sur sa portion de mille feuilles, il étalait la crème pâtissière, démembrant le gâteau. Il aplatissait sauvagement la pâte feuilletée en proie à une colère retenue.

Eh merde ! se dit-il. Je suis dans la mouise. J'ai lu les articles relatant les assassinats sur le journal du vieux. J'ai failli m'étrangler avec ma tartine au petit déj. La tronche de la mère en me voyant m'étouffer. Cette histoire sent mauvais. Les condés considéreront que je suis complice alors que je n'y étais pas pour le deuxième meurtre. Pour le premier, je ne dis pas, je n'ai pas réagi en le voyant torturer le curé, mais pour le suivant, le chef, il me l'avait caché, celui de la gonzesse du bon Dieu. J'étais content de partir, de verser le sang pour des idées dans un autre pays où on ne savait pas qui j'étais. Il paraît que notre instructeur nous donne un autre nom, là-bas. J'aurais été incognito. Il est malade ce mec. Je ne me suis pas méfié de ses intentions réelles. Je n'ai pas envie de finir en taule à cause d'un coéquipier de cet acabit. Je n'ai rien prémédité, moi. Je ne me noierai pas dans ce merdier. À qui je pourrais en parler sans me faire pincer ? Certainement pas aux vieux, ils iraient droits chez les flics.

- Si tu n'en veux pas de ton mille-feuilles, file le moi au lieu de l'écrabouiller, réclama son voisin de tablée. Tu gâches le travail de Maxime qui est au stage pâtisserie cette semaine. C'est pas sympa de ta part. Tu pourrais respecter le boulot des autres.

- Tiens, régale-toi, je n'ai pas faim, répliqua Pierre Martin en glissant son assiette vers lui.

- Encore heureux que tu n'as pas écrasé le glaçage, c'est ce que je préfère. Je le mange à la fin.

Pierre Martin haussa les épaules. Il se leva avec son plateau. Il l'amena vers la desserte et le posa brutalement dessus. Il traversa la cantine pour se rendre à son casier. Il avait réfléchi à son triste sort et trouvé une solution. Il allait envoyer un SMS à Charles Henri de la Boissière. Il s'accrochait à cet espoir de dernière minute car, il avait beau énumérer les noms des copains, pas un seul pourrait le sortir du pétrin dans lequel il s'était englué. Il avait le sentiment désagréable d'avoir été pris au piège par l'organisation. Le climat était malsain. On l'avait pris pour un benêt. Il allait se défendre et contrer le chef, reniant ses convictions et la cause.

Merde ! Qu'est-ce que ça me coûte ce message, râla-il en pianotant sur son téléphone portable. Le bourgeois va moraliser. J'avoue qu'il n'aura pas tort. J'ai pas peur, j'agis par précaution. Une chance qu'il est repris la fac. Je bénéficierai des lumières de ses profs si c'est trop complexe pour l'intello.

La réponse fut immédiate.

OK pour 17 heures chez toi.

Les Combes 14 h 30.

- Votre Sainteté, le cardinal Luchini à l'appareil.

- Oui, racontez-moi.

- Nos soupçons sont confirmés. J'ignore qui a eu l'idée saugrenue de dissimuler le parchemin dans un reliquaire. Je pencherai pour le père Vlad assassiné. Le fait est que l'enfant a bel et bien disparu. Cela est une certitude, aucun doute là dessus.

- Simple concours de circonstance, à votre avis, ou une volonté de subtiliser l'enfant à des fins néfastes ?

- Je ne me prononcerai pas. Trop d'obscurité entoure ce kidnapping. Je n'ai pas eu d'entretien avec les policiers en charge de l'enquête. J'irai après avoir parlé aux parents Lévy.

- Sage résolution. Comment réagissent-ils ?

- Ils connaissaient les risques mais ils n'envisageaient pas que cela puisse se produire. L'absence de rançon appuie les craintes de la mère supérieure.

- Fiez-vous à votre instinct. L'enfant est vulnérable. Non protégé, il sera malléable sous le joug de son formateur. Il vous faut l'empêcher, Luchini. Si le cas s'avérait confirmé, il serait dévastateur pour les hommes et les générations futures.

- Serions-nous impuissants à contrer ces kidnappeurs, votre Sainteté ?

- Je vous laisse juge. Il vous incombe de remédier aux conséquences en endossant le rôle du protagoniste.

- Lourdes responsabilités. En serais-je capable ? Je ne suis qu'un simple historien, amoureux de théologie et des belles lettres. Je suis un piètre détective.

- Ne vous sous-estimez pas. Vous êtes féru dans votre domaine, Luchini. Votre savoir précède votre réputation au sein de la curie. Je vous ai choisi pour vos qualités d'observateur et votre sens de la déduction. Vous divulguerez en fonction et non en obligation.

- Je m'acquitterai au mieux.

- Je n'en ai jamais douté. J'ai foi en votre jugement, comme toujours. Allez, que Dieu nous vienne en aide.

Dieu, Jéhova, Allah et les autres.

Des noms inscrits sur une idéologie abstraite, la béquille de l'humanité.

Le cardinal Luchini avait le corps tendu comme un arc. Les rides d'expression ravinaient son front plissé. Il était secoué par des émotions contradictoires, ballotté dans le flou de la situation. Il allait devoir affronter le passé et gérer l'avenir. L'heure n'était pas à la rigolade, quoique.

En apercevant la frêle religieuse dans le jardin en train de se démener avec son manteau de laine accroché aux épines d'un rosier, il ne put refluer le rire libérateur qu'il contenait depuis trop longtemps. Le tempérament de la madre apportait une vivacité étonnante au couvent. Résultat de l'harmonie étrange de l'autorité et de la gentillesse. Il réalisa qu'il s'abreuvait à ce trop-plein d'énergie, à l'instar de ses filles. En la regardant se débattre avec l'arbrisseau, il prit une décision qui ne subirait aucun retour en arrière. Il avait jeté les dés.

Avant qu'elle ne s'éloignât, il ouvrit la fenêtre du petit salon pour l'interpeller. Il lui fit signe de l'attendre.

Elle tempêtait toujours envers les pauvres piquants lorsqu'il s'approcha d'elle.

- Lisez ceci, ma mère, lui indiqua-t-il.

Il surveilla du coin de l'œil sa réaction face à la lecture du fac-similé.

Pontarlier 16 h 50.

L'attitude de Pierre Martin équivalait à celle d'un lion en cage. Il décrivait des cercles sur la moquette de sa chambre.

Huit-Zéro-Huit.

Une infinité de chiffres se gravaient dans les poils bouclés. Il ne ressentait plus le moelleux sous ses chaussettes de tennis. Il avait la fièvre angoissante, le délire nerveux, le frémissement paranoïaque. Il éprouvait la lâcheté de celui qui rendait les armes devant un ennemi invisible et abscons. Il se dégoûtait. Il en vomirait son parjure s'il en avait le courage. Frénétique, il voulait s'accordait une minute de repos. Il voulait calmer les tensions qui habitaient ce corps révolté.

Révolte contre les méprises, contre son mentor, contre sa crédulité.

Pourtant, renoncer représentait la mort en ses espérances d'exalté. Il ne voulait pas mourir, il voulait vivre passionnément, combattre l'injustice d'une société hostile à ses idéaux. Me serais-je trompé de maître, se demandait-il au moment où il avait entendu le timbre de la délivrance.

Il écouta sa mère répondre à l'appel de la sonnette.

- Quelle surprise, Charles Henri ! Entre.

- Je passais devant chez vous, d'où ma visite impromptue.

- Quelle bonne idée. Le thé infuse. Désires-tu une tasse de Ceylan ?

- Volontiers.

Comment peut-elle gober une connerie pareille ? pensa le fils en descendant l'escalier. Passer par hasard devant le lotissement. Tu parles d'une ânerie, venir chez nous impose un détour. On n'habite pas au centre-ville, ici.

- Regarde qui nous rend visite, Pierre. Tu te joins à nous pour le goûter ? Je vais servir le thé.

- Salut Charles. Je vais plutôt me préparer un expresso, man.

- La cafetière n'est pas branchée.

- T'inquiètes. Je trouverai la prise, répondit-il sur le ton de l'ironie.

Dans la cuisine, Pierre Martin percevait les phrases stéréotypées qui s'échappaient du salon. Sa mère échangeait des banalités avec son invité ayant débarqué à l'improviste. Il stoppa net sa tâche à l'évocation de son prénom.

J'en ai marre de ces lamentations. Son visage s'était rembruni sous le coup de la colère qui montait en lui. La mère, il faut qu'elle compare alors qu'il n'y a rien à comparer. On n'est pas issu du même moule, avec le Charles. Si elle persiste, je me passerai du petit génie. Il faut vraiment que je sois englué dans la merde pour solliciter son concours. Pourvu qu'il ne s'éternise pas avec elle ?

Et voilà, elle critique encore une fois mes sorties, se dit-il en entrant dans la pièce. Certain de la contrarier, il s'assit sur le tabouret du piano. Il avait appris à jouer quand il était gosse, quelques mois seulement. Il n'avait pas aimé le professeur qui tambourinait avec son crayon-feutre pour marquer le tempo.

Tip-tap-tip-tap.

Ses tympans n'y avaient pas résisté. Sa fureur auprès du maître avait vite fait comprendre à l'entourage que la musique n'adoucissait pas forcément les mœurs. Sa mère avait renoncé à son inscription en deuxième année, une année de calvaire avait été amplement suffisante. Fier de son manège en ayant les fesses posées sur le siège, il savait qu'il la provoquait.

Abordant une allure hautaine, il toisa aussi son copain, Charles Henri, afin de diminuer son propre embarras.

Je crâne mais j'en mène pas large. Je vais abréger les présentations, pensa-t-il.

- Tiens, Charles, puisque tu es passé, j'en profite. Je vais te montrer ma nouvelle tablette tactile. Elle est sur mon bureau. Tu me diras quels logiciels je pourrais ajouter pour la rendre plus performante. Tu en connais sûrement plus que moi.

- Nous lui avons offert pour Noël.

- C'est bon, man. Tu l'agaces.

- Ne l'écoutez pas. Je vais te conseiller dans tes choix, répondit l'étudiant.

L'adolescent se contenait face à eux.

Les conseils sont sa spécialité, pas la mienne. Quand je pense que je dois me farcir ce bourge. Dans quel pétrin je me suis fourré ! se dit-il en essayant de ne rien paraître côté émotionnel.

Ils grimpèrent à l'étage avec leur breuvage.

- Alors, vas-y. Raconte, questionna Charles Henri de la Boissière lorsqu'ils furent seuls dans la chambre.

- Y'a un truc qui me tracasse.

- À quel propos ?

- Tu as lu le journal d'aujourd'hui ?

- Évidemment. Tout le monde ne parle que des meurtres à la faculté de droit. Ma classe est en effervescence. Le prof les a pris en exemple. Nous planchons sur la défense et sur la partie civile afin de considérer les deux sujets. Pour nous autres, le cas est concret, du local. Pourquoi me demandes-tu cela ?

- Parce ce que je connais peut-être le meurtrier.

- Comment ça peut-être ?

- Toi aussi, tu le connais.

- Tu plaisantes, je ne fréquente pas ce milieu.

- Non, mais tu le côtoies malgré toi. Tu n'es pas le seul, d'ailleurs. Là où il bosse, les gens ont affaire à lui, comme nous deux.

- Elle n'est pas limpide, ton histoire. Soit plus explicite.

- Il bosse dans une brasserie à Pontarlier.

- Laquelle ? Il y en a plusieurs.

- Celle que tu fréquentes, et moi aussi.

- Et pourquoi suggères-tu que ce serait un criminel ?

- Parce que j'étais avec lui. Je l'accompagnais mais je n'ai rien fait.

- Attends. Ton accusation est grave. Je m'assois et tu m'expliques calmement ce qui s'est réellement passé.

- Je ne veux pas aller en taule.

- D'abord les faits, ensuite, on posera le pour et le contre.

- Bon, je raconte.

Assis sur le bord du lit, Charles Henri de la Boissière écoutait le monologue grinçant. Un tsunami d'émotions submergeait son ami.

Il est inconscient ou immature, pensa l'étudiant. Il s'est laissé embarquer dans une sale affaire. Il a la trouille. Il va falloir le persuader d'aller se livrer à la police, tergiversait l'étudiant. Le connaissant, ce n'est pas gagné. Premièrement, je ne peux pas aviser seul ; secondement il est malin comme un singe, le Pierre, il m'a mis dans la confidence. Il m'a piégé dans son remords. Bravo, l'artiste ! Un point pour toi.

- D'après ce que tu m'exposes, tu es complice pour le prêtre.

- J'ai été berné. Qui tu sais m'a roulé. Ce n'était pas prévu, il est malade, ce mec. Il m'a embobiné.

- Ne t'emballe pas. Récapitulons, s'il te plaît. Si j'ai bien compris, il t'a donné le poignard.

- Ouais, il y a environ trois mois.

- Tu l'as donc manipulé. Tes empreintes sont dessus.

- Ben oui, c'est justement ça qui est emmerdant.

- Et lui, il portait des gants au domicile du curé.

- Ouais.

- Je n'affirmerai pas que les gants ont pu effacer tes empreintes. À mon avis, elles doivent y être encore. Est-ce que tu l'as vu essuyer le couteau après l'assassinat ?

- Arrête de dire assassinat, je ne suis pas un assassin, s'emporta Pierre Martin.

- Et tu souhaites que je dise quoi ? Un meurtre, une mort subite, un crime, tu as une autre définition à me soumettre pour qualifier l'acte ? recadra son ami.

- Le cureton. T'as qu'à dire le cureton, ça sonne mieux. Je n'ai pas envie de prononcer le mot.

- Va pour le cureton mais tu ne résoudras pas le problème en changeant le mot. Alors, il l'a essuyée, oui ou non, l'arme ?

- Oui mais je n'ai vu que la lame, pas le manche.

- La galère se profile à l'horizon. Tu ne l'as pas empêché de martyriser le prêtre ?

- Non, j'ai été surpris.

- Au début, je conçois. Après tu aurais pu arrêter son geste.

- J'avais la trouille.

- Tu n'étais pas au courant de ses intentions ?

- Non. Il devait se renseigner, rapport au vieux papier, et m'informer pour la suite. Il m'a envoyé un texto et je suis allé chez lui.

- Tu as son adresse ?

- Ben, ouais. On avait eu rendez-vous la veille. En général, le groupe se réunit incognito à la cafèt du centre commercial.

- Tes empreintes, elles sont là-bas aussi, à son domicile ?

- Sûrement, j'ai feuilleté une des revues qui traînait sur la table basse.

- Tu t'es mis dans de sales draps, Pierre. La police établira le lien entre toi et lui. Quelle idée de le fréquenter ! résuma Charles Henri.

- M'énerve pas. Je ne t'ai pas demandé de venir pour me faire la morale, glapit l'adolescent.

- Je ne moralise pas, Pierre, j'essaye de comprendre, et cesse de crier, ta mère va finir par nous entendre. Tu vas avoir un travail enrichissant, porteur d'avenir. Tu surfes sur la vague. Tu as remarqué le nombre croissant d'émissions télévisées sur le sujet. La pâtisserie a renoué avec ses lettres de noblesse. Elle est créatrice d'emplois, et tu n'auras pas les horaires ingrats des autres métiers de l'hôtellerie ou de la restauration.

- Tu parles d'un idéal ! Quel enrichissement ! Faire à bouffer pour des nuls qui dévorent sans apprécier. Ils ne goûtent pas, ils bâfrent. Je sais de quoi je parle, ce n'est pas toi qui les vois manger.

- Ne dénigre pas la profession. Un bon gâteau régale aussi bien un gourmet qu'un ignare. Les papilles sont neutres. Elles satisfont toutes les personnes au plaisir gustatif, sans distinction.

- Stoppe la plaidoirie, tu me prends la tête. On fait quoi ? Tu as une solution ?

Pierre Martin continuait à s'emporter. Il fulminait. Il s'insurgeait contre sa bêtise et non pas contre celui qui essayait de l'aider mais il refusait à l'admettre, question d'honneur et de fierté mal placée.

- D'abord, c'est je fais quoi. Ne m'entraîne pas dans ta coulure d'emmerdements. Ensuite, si j'étais à ta place, j'irais raconter à la police ce que tu viens de me dire. L'enfant reste à retrouver.

- Les keufs vont me coffrer.

- Tu as des chances de t'en sortir. Ne la gâche pas. Tu seras certainement en garde à vue, ne serait-ce que pour éclaircir la boue dans laquelle tu patauges.

- J'irai pas.

- Je t'accompagne si cela peut te rassurer.

- Tu plaideras ma cause ?

- Je ne suis pas diplômé. Au cas où tu l'aurais oublié, je ne suis qu'en deuxième année de droit.

- Ouais, mais tu as l'habitude des procédures, à force de traîner tes guêtres dans les tribunaux.

- Un peu. Revenons à ton histoire. Tu m'as dit que tu avais trouvé une feuille ?

- Ouais.

- Qu'y avait-il écrit dessus ?

- Je n'en sais rien. C'était du vieux français.

- Et lui, il l'a comprise ?

- Pas entièrement, c'est pourquoi il l'a gardé d'où le texto.

- Ensuite, est-ce qu'il te l'a traduite ?

- Non.

- Donc, tu ignorais le contenu qui a conduit au meurtre.

- Putain ! Arrête de dire meurtre. Tu m'inclus dans ton raisonnement. Je n'ai pas tué le cureton, je te l'ai déjà dit. Tu insistes, t'es lourdingue à la fin.

- Ne me parles pas sur ce ton où je te laisse tomber, toi et tes emmerdes. Je le sais que tu n'as pas tué le prêtre, seulement, tu n'as rien fait pour l'empêcher d'agir.

- J'étais paralysé par sa violence. Je ne l'avais jamais vu dans cet état. J'ai eu peur qu'il s'en prenne à moi aussi.

- Il te faut raconter la scène comme tu viens de me le faire pour te disculper du crime. Pour le reste, le juge d'instruction pèsera les tenants et les aboutissants en vue d'une détention préventive. Tu seras mis en examen, ce qui n'est pas dramatique. Reparlons de la religieuse, étais-tu dans la confidence ?

- Bien sûr que non. Je ne l'ai pas revu depuis samedi soir. J'étais avec mes vieux, dimanche. On a croisé tes parents à l'église Sainte Bénigne.

- Calme-toi. J'établis un ordre chronologique de tes horaires. As-tu un alibi pour le début de la semaine ?

- Ouais, j'avais repris les cours au bahut.

- Eh bien, en voilà une bonne nouvelle, tu t'affoles trop. La police sera complaisante si tu lui communiques tes renseignements. Elle appréciera ta démarche spontanée.

- Je ne suis pas convaincu.

- Tu préfères qu'elle établisse le lien seule.

- Non et je ne veux pas qu'elle débarque ici, chez mes vieux. Avec ce voisinage, tous des langues de pute qui ricaneront dans mon dos dès que l'affaire se sera ébruitée.

- Je vois que tu as pris de bonnes dispositions. Il se fait tard pour passer au commissariat ce soir et je ne crois pas que le gosse soit en danger, à la lecture du quotidien de ce matin. Cet enfant doit représenter leur carte maîtresse.

- Tu penses que c'est lui qui intéresse les ravisseurs ?

- Oui, j'en ai la profonde conviction d'après ce que nous avons étudié en classe.

- Une demande de rançon ?

- Concernant un chantage pour naissance illégitime, va savoir ?

- Pas faux. Cacher un bâtard d'évêque, de cardinal, voire même du pape, si ça se trouve, dans un couvent est une idée géniale. Ça pourrait s'expliquer sauf que ça ne colle pas avec le vieux papier mais ça colle avec les photos de la boîte d'archives.

- À mon avis, ton copain avait flairé une piste et il est tombé sur du lourd inopportunément chez ton cureton. Il en a profité. L'occasion fait le larron.

- En considérant ton point de vue, je ne peux pas être désigné comme participant dans cet épisode par les condés, non ?

- Exactement, tu n'as rien à te reprocher concernant le kidnapping. On se dit demain 9 heures pour ne pas éveiller les soupçons de tes parents.

- OK, 9 heures.

Pierre Martin resta un moment sur le seuil de la porte d'entrée à regarder partir Charles Henri de la Boissière en voiture, au grand dam de sa mère qui s'insurgeait contre l'air froid pénétrant dans la maison. Il frissonna et remonta dans sa chambre.

Sa confession équivalait à une gifle. Elle activait ses neurones et éclaircissait son raisonnement. Était-il en train de comprendre l'enjeu ? L'inattendu s'apparentait à une intrigue, voire un complot et cela l'exaspérait, conscient de l'ampleur des conséquences. Il se devait de soigner la cause rapidement avant que la maladie n'atteigne la septicémie dans son corps meurtri de désespoir.

Malhabile, il prit sa tablette et se coucha. Il tapota ses oreillers, les installa sous sa nuque. L'esprit en ébullition, il sélectionna son jeu préféré.

Tuer en virtuel s'avérait d'une simplicité reposante.

Pontarlier 16 h 15.

Pendant que la mère supérieure du couvent de Combes devisait avec Monsieur et Madame Lévy, le cardinal Luchini conduisait.

Il avait emprunté l'Ami 6 pour se rendre au commissariat. À la manière dont sœur Marie, remise de sa grippe, lui avait confié le trousseau de clés, il avait décelé une désapprobation. À la sortie chaotique en marche arrière de la grange, garage antique de la voiture, le mécontentement de la religieuse s'était hissé, sur l'échelle de sa condamnation, à la marche supérieure.

Il va nous la cabosser, prophétisa la none, et l'évêché ne paiera pas les réparations. Des frais exclus du planning des dépenses qui grèveront notre maigre budget. La mère aurait dû me laisser l'accompagner, soupira-t-elle en coinçant le madrier. Quand il reviendra, la porte sera béante. Je n'aurais pas à m'en occuper. Il se débrouillera.

Elle se signa en marchant vers la chapelle. Elle comptait chasser ses mauvaises pensées en priant dévotement. La ferveur de ses implorations serait tournée vers le petit Jacques, ce petit être innocent et fragile, cette jeune pousse de chrétien. Elle implorerait l'aide du Seigneur.

Nom de Dieu ! Elle va rendre l'âme, s'exclama le cardinal Luchini sur la route. Excusez le langage, Seigneur, mais le tacot des religieuses n'est pas de première jeunesse. J'ai perdu l'habitude d'appuyer sur les pédales, moi, avec mon chauffeur. Le souvenir est intact. Il faut que les réflexes reviennent.

Quatre kilomètres plus loin.

Elle toussote maintenant, pauvre de nous. Je suis pied au plancher et elle n'avance pas. Quelle galère ! Tant pis, je rétrograde. Je suis bien loti en deuxième dans la côte. Favorisé par le sort, je lui revaudrais ça à sa Sainteté, défavorisé, oui. Parachuté dans une région hostile et glaciale qui ne vous ménage pas. Le climat est rude et la voiture en fait les frais. On se caille là-dedans. Le chauffage, il est optionnel ou quoi ?

Trois kilomètres après.

Mais qu'est-ce qui se passe encore ? s'époumona le prélat. Elle fume plus que moi avec mes blondes. Le moteur a des ratés. Elle a dû chauffer dans la montée. Et voilà, comble de bonheur, le voyant de température qui s'allume. Va falloir mettre les mains dans la mécanique. Je vais m'arrêter au début de ce chemin providentiel. Je bouche l'entrée ou la sortie, au choix, m'est égal, situation d'urgence.

Capot ouvert.

C'est pas vrai ! Sœur Marie n'a pas fait les niveaux. Il n'y a plus une goutte de liquide de refroidissement. Seigneur, j'aurais dû me méfier. A-t-elle pensé au moins à garder un jerrican vide dans le coffre ?

Visualisation.

La liste étant rudimentaire, l'inventaire fut vite énuméré.

Lave-glace, chiffon, cric, roue de secours.

Pourquoi ne suis pas étonné, Seigneur ? parla tout haut le cardinal en prenant Dieu pour témoin. Vous m'infligez un bond en arrière pour me jauger, j'accepte le défi. Je ne me décourage pas. Je fonce et je franchirai l'obstacle. En parlant d'obstacle, ce piquet au sol ressemble à un panneau. Je vais le retourner pour voir les indications.

Source de la Dive 800 m.

Bon, huit cents mètres dans la gadoue, je ne vais pas en mourir. Menu du jour : je vide le bidon du lave-glace et je le remplis d'eau. Ensuite, retour au bercail. Vu les circonstances, je programme l'entrevue pour demain.

Le prélat remonta son pantalon et s'apprêta à affronter la descente vers le point d'eau. Il regarda amoureusement ses belles chaussures.

Décidément, entre le baptême de Niai et aujourd'hui, elles sont vaccinées, se chagrina-t-il. Haut les cœurs ! Nous vaincrons ! clama-t-il à l'orée de la forêt, tout en allumant une cigarette. Que je réussisse à localiser la source !

600 m parcourus.

Le clapotis du ruisseau s'harmonisait avec les sons qu'émettaient les arbres. Les oiseaux s'envolaient à son approche. Des branches craquaient. Il entendit une faible cascade.

Lorsqu'il découvrit l'eau, elle lui parut limpide et fraîche. Elle roulait sur les cailloux en fines bulles joyeuses, pour finir par s'éclater sur un barrage de castor. Il s'attarda à contempler les entrelacs de branchages. La complexité de l'œuvre suscita sa curiosité. Il s'approcha, glissa sur la paroi d'un rocher et finit dans le ru, les deux pieds enlisés dans la vase. La teinte brillante du marron glacé vira au verdâtre. Il leva les yeux vers le ciel.

Une épreuve de plus, Seigneur. Je suis bon prince, admit-il. Je ne râlerais pas. Je me contenterai de remplir mon bidon et j'en profiterai pour me désaltérer. Je présume que je dois vous remercier pour ce morceau de bois positionné en travers qui a fait office de perche. Il m'a évité de tomber entièrement dans l'eau glacée. J'aurais été trempé. Inutile de se précautionner envers les désagréments du sentier maintenant.

Il se surprit à sauter les flaques. Il allongea le pas en remarquant que le jour déclinait.

Soleil couchant, soupira-t-il. Un assassin rôde dans les parages. Il pourrait se terrer comme une bête sauvage avec ces trous dans la roche. Une seule devise : fuyons.

Glouglou.

Le réservoir avait atteint le trait maximum. Moteur refroidi, le cardinal tourna la clé de contact.

Soulagement.

L'Ami 6 avait repris de la vigueur. Le pire avait été évité, semblait-il. À son ronronnement, elle paraissait tourner comme une pendule. Notre piètre horloger prit la direction du couvent.

Impuissant devant votre volonté, Seigneur, s'inclina le cardinal. Je regagne mes pénates. Je ne suis pas fautif de la panne. Fort heureusement, je n'avais pas averti le commissariat de ma venue avant de partir, intuition qui s'est avérée sage. Promis, Seigneur, demain je serai prudent. Je commanderai un taxi.

X

La lumière a disparu.

J'ai froid.

Je tremble.

Je connais le tissu. Il est sombre, maintenant.

Pourquoi les bras ne sont-ils plus là ?

Samedi 10 janvier.

Pontarlier 8 h 30.

Animation autour du distributeur de boissons chaudes.

- Beignets pour l'équipe. Pas de réclamation, on se régale, annonça sur un ton triomphal le commandant Dorman.

Le lieutenant Duharec et le légiste Jefferson consentirent à plonger la main dans le sac que le boss leur tendait en le secouant. Ils n'osèrent pas désavouer l'initiative enjouée de leur collègue. Cette dernière aurait été perçue comme une offense. Si au moins il avait acheté des croissants ou des pains au chocolat, se disait la lieutenant. Non, il a fallu qu'il jette son dévolu sur ces foutus beignets. Nous allons avoir du sucre glace sur les fringues, et les doigts qui vont coller en tâchant de tenir aussi le gobelet. Pour une mise en bouche, la matinée commence on ne peut mieux.

Elle lança un coup d'œil vers le légiste. À sa mine déconfite, elle saisit son assentiment forcé.

Du trio, Dorman était le seul qui paraissait comblé. Il engloutissait plus qu'il n'avalait sa viennoiserie. Quant à Duharec, elle s'esclaffa, tout en s'excusant, à la vue de son chef les joues gonflées comme un hamster. Il n'y avait que Jefferson qui se battait avec la poudre blanche, dégustant du bout des doigts, éloignant de la longueur de ses bras ce maudit beignet qui risquait de salir ses vêtements de marque. Dans son malheur, il avait eu de la chance. Il avait extirpé du sac l'unique beignet sans confiture. Lui qui surveillait sa ligne comme une miss n'appréciait guère cette délicate attention. Il ajouta, à contrecœur, une séance de gymnastique en salle à son comptage habituel. Pas question de conserver ces calories superflues qui se transformeraient en tissu adipeux.

8 h 50.

- Vous avez fini. Personne mange celui à la framboise ?

- Commandant, deux sont suffisants pour un petit-déjeuner, non ? répondit Duharec par une interrogation.

- Je ne trouve pas, lui répondit Dorman en mastiquant.

- Elle a raison, renchérit Jefferson. Tu consommes beaucoup de glucides à longueur de journée. Tu finiras diabétique à ce rythme.

- Le sucre est ma drogue depuis que j'ai arrêté de fumer. Avant, tu m'engueulais pour la clope, toubib, et maintenant, tu continues. Il faudrait savoir où se situe ton diagnostic.

- Dans ta vitalité. Prends exemple sur ton lieutenant. Elle jogge dès qu'elle a un jour de repos. Une activité sportive décompresse, requinque et inonde ton corps d'endomorphines.

- Et moi, je me ressource avec un café et un beignet. Ils favorisent mon relâchement, ils évacuent ma tension nerveuse. Chacun son truc.

- Il faut vraiment avoir faim pour avaler cette nourriture, tança Duharec. Admirez notre profonde amitié, commandant. Il n'y a pas une miette par terre.

- Ça suffit comme ça tous les deux. Vous m'avez bien assassiné pour un samedi matin. Allons faire notre mesclun du jour dans mon bureau.

Le compte rendu était sommaire. Le légiste s'efforçait de l'étoffer pour encourager l'équipe.

- L'arme a été utilisée dans les deux cas, entama Jefferson. Un tranchant net, pas très large, environ 3 cm à la garde, et long de 17 à 20 si j'en juge la profondeur de la plaie. La croix dessinée par les entailles confirme l'outil. Pas de cheveux ou de peau sur le prêtre. Il ne s'est pas défendu. Pas d'ADN.

- La scientifique a relevé des empreintes sur les sièges et la cabine du camion, continua Dorman. On a interrogé le FAED, négatif, elles appartiennent au propriétaire. J'en déduis que ce sont les individus cagoulés qui sont nos hommes. Déconcertant et ennuyeux. À vous, Duharec.

- J'ai visionné l'enregistrement concernant la caméra de la banque. Le camion est peu visible. On distingue mal les deux passagers à l'avant. Le reste est flouté, résultat pas encourageant. L'interrogatoire des passants n'a rien donné. Un fiasco.

- Celui des parents ne nous apprend rien, lui aussi, ajouta Dorman. Ils ne sont pas loquaces pour avoir un fils enlevé. Ils acceptent la fatalité trop sereinement à mon goût. Ils baignent dans la curaillerie. Pas étonnant qu'ils soient fatalistes. Ne nous égarons pas, restons concentrés. 72 heures se sont écoulées.

- Chef ? interrompit l'officier de garde sans s'être annoncé.

- Qu'y a-t-il brigadier ?

- Deux jeunes demandent à parler à un gradé. Ils disent que c'est important.

- Le motif ?

- Ils ne souhaitent pas le divulguer dans le hall d'entrée.

- Qu'est-ce que c'est que cette histoire, encore ? Allez-y, Duharec. Expédiez-moi ça et revenez. Je vais me chercher un deuxième café. Vous m'accompagnez, Jefferson ?

- Sans façon pour la caféine, et je vous accompagne.

Le coude appuyé sur la table de bar, le commandant aperçut le visage contrarié de sa collègue venir droit sur lui.

- Recevez les jeunes, commandant. La surprise est de taille. Je vous les amène dans votre bureau ou dans la petite salle ?

- Important la surprise ?

- Colossale.

- J'acquiesce à votre supplique, Duharec, sans gaîté de cœur. Je ne compte pas perdre un temps précieux. Dans la petite salle. Ouste !

- Soyez tranquille. Ce qu'ils vont vous dire vous plaira.

La fenêtre sans barreaux qui donnait sur un jardin à l'abandon était censée vous mettre en confiance. Un bureau métallique et trois chaises de matériaux identiques plantaient le décor. Pas de livre, ni de tableau, susceptibles de perturber la concentration. L'imaginaire butait contre le réel, impossible de s'évader, pris au piège du dépouillement administratif.

Stoïque, Charles Henri de la Boissière se leva à l'apparition du commandant, et se rassit. Il se redressa sur son siège. Il emprunta la posture du défenseur de la veuve et de l'orphelin. Vêtu d'un pantalon en flanelle noire, de son pull en V assorti et de son manteau ¾ gris souris, les mains délicatement posées sur ses cuisses, la graine d'avocat croissait au fur et à mesure que les secondes passaient. Des secondes qui se comptabilisaient en heures pour Pierre Martin.

Ce dernier s'agitait dans ses baskets. Des perles de sueur ruisselaient sur son visage. Il avait chaud, beaucoup trop chaud avec sa doudoune qu'il n'avait pas osé déboutonner. Il tordait ses phalanges, les faisait craquer pour se donner une contenance. Il essayait de se persuader que l'entretien serait inoffensif. Il doutait maintenant d'en avoir minimisé les risques. Je n'aurais pas dû l'écouter, le Charles, s'inquiétait-il. On dirait qu'il joue un rôle et je suis la victime d'une mascarade. Je vais y laisser ma peau. Je suis pris dans un engrenage. Le chef nous l'avait répété à chaque réunion : chez les condés, on en sort jamais indemnes. Dès qu'on franchit le seuil de leur porte, on est coupable avant d'avoir commis quoique ce soit. Des preuves, ils en trouvent toujours. Et s'ils n'en trouvent pas, ils les fabriquent. Ouais, je suis un rat dans leur ratière. Mais quel con, je suis !

- Jeunes hommes, commandant Dorman. Le lieutenant Duharec qui vous a reçu m'a signalé que vous souhaitiez me parler en privé. Je n'ai pas beaucoup de temps à vous consacrer, ce matin. Je vous écoute. Soyez brefs.

Charles Henri de la Boissière engagea la conversation sur un ton déclamatoire. Sa parole emphatique amusait le commandant, ce qui ne convenait pas à son copain plus jeune.

Je n'y crois pas, s'étonna Pierre Martin, frustré. Il se prend pour un paon dans la basse-cour de justice. Il s'exerce à plaidoyer, ce con. Je suis un cobaye pour lui. L'enfoiré, il va me le payer. Attend un peu que nous soyons sortis de ce merdier. Je te réglerai ton compte à ma façon.

- Veuillez noter que mon copain est venu de son plein gré, commença Charles Henri de la Boissière. Les conseils que je lui ai prodigués ont été décisifs dans sa réflexion. Il va de soi que nous requérons votre indulgence à son égard.

- Serait-il coupable d'un délit ? Vous l'excusez avant qu'il nous confie ses révélations.

- Je pense que votre jugement sera moins hâtif à l'écoute de ce qu'il a à vous dire.

- Laissez-moi deviner. Inscrit à la faculté de droit ?

- En deuxième année.

- Je vois, répondit Dorman, un rictus à la commissaire des lèvres équivalent à un sourire, lorsqu'il était en passe de devenir grinçant.

Bras croisés sur la poitrine, jambes étendues sous son bureau, arborant une attitude qui se voulait décontracte, le commandant attendait que commençât enfin l'histoire. Il ne souhaitait pas brusquer l'adolescent qui blêmissait à la vitesse des aiguilles de sa montre. Avec nonchalance, Dorman rêvassait.

Je piquerai bien un roupillon, songeait-il. Une petite sieste digestive serait la bienvenue après ces trois succulentes gourmandises. Il faudra que j'y retourne. La boulangerie qui vient d'ouvrir dans la rue principale est prometteuse. Elle vaut le détour.

Il fut sorti de sa rêverie par une voix hésitante. Le ton chevrotant de l'adolescent préludait à une confidence dont la pertinence le surprit dès la première phrase.

- Je pense savoir qui a fait le coup pour les deux meurtres cités dans le journal, Monsieur l'inspecteur.

- Commandant, je vous ai dit. Les grades ont changé de dénomination avec le nouveau millénaire.

- Je ne savais pas.

- On ne se renseigne jamais assez sur les lois et ses décrets d'application. Que pensez-vous savoir, justement, Monsieur Martin ?

- Le type que vous recherchez pour le curé, je le connais. Pour la religieuse et le gosse, y a des possibilités.

- Racontez-moi d'abord pour le prêtre, ce sera un début.

Charles Henri de la Boissière posa sa main droite sur l'épaule du garçon pour l'inviter à parler.

Pierre Martin était indécis. Il avait l'impression de plonger délibérément dans une rivière infestée de piranhas. Il n'avait pas envie de se faire dévorer par le flic qu'il allait affronter malgré l'air débonnaire que ce dernier affichait. Il devait surmonter l'angoisse qui l'étreignait.

J'ai le trouille mètre à zéro et il va le voir comme le nez au milieu de la figure. Ressaisis-toi, mec, et sauve ta peau.

Pierre Martin déboutonna sa veste en duvet d'oie. Il inspira profondément et raconta.

Il discourut sans s'arrêter une seule fois.

Il avait avalé sa salive lorsque sa bouche était devenue trop sèche. Il s'était humecté les lèvres au lieu de sangloter. Il s'était frotté les paumes sur son jean pour essuyer la moiteur provoquée par les mots, ces mots terribles qu'avait bu le commandant Dorman en écarquillant les yeux.

Duharec, postée devant la porte au cas où la peur ferait fuir le suspect, n'en croyait pas ses oreilles. L'enquête se simplifiait-elle ? Elle se clarifiait trop au fil du discours : cela en devenait gênant. Ce gamin leur apportait la solution sur un plateau. La suspicion à son encontre évoluait vers une complicité aggravée, une complicité qui était en train de se métamorphoser en rédemption. À l'entendre, il rendait service à la police. Le monde tournait à l'envers. Elle s'appuya définitivement contre la porte vitrée, bloquant la sortie, résolue à affronter la moindre échappée.

Le commandant se tourna vers elle.

Il s'interrogeait, lui aussi. Il partageait les convictions de sa collègue à 300 %. Le gamin ne souffrait-il pas d'un excès de zèle ? se demandait le policier. Quel était le but de tant de délations ? Qu'est-ce que cela cachait réellement ? C'était trop beau pour être vrai, et le regard du jeune le déroutait. Il brillait d'une vénération contraire à la logique des propos entendus depuis une vingtaine de minutes, si on ne comptabilisait pas les interruptions pour tripotage de phalanges, coup d'œil à la dérobée vers son voisin, nervosité des jambes transmise par un tremblement continu et agaçant sur la chaise, une danse de Saint Guy improvisée, etc. L'énumération des symptômes aurait été trop longue à décrire.

Les faits racontés se complaisaient dans la longueur. Il en ressortait un savant mélange de mépris et de respect, de puissance et de faiblesse, qui étonnait les auditeurs. Le monologue prit fin d'une façon brutale.

- Bon, dit simplement Dorman.

Duharec s'attendait à une tout autre réponse. Elle vit son boss se lever magistralement. Elle contempla, admirative, la manœuvre d'intimidation.

Le commandant imposait sa supériorité judiciaire. Il écrasait par son charisme policier les deux trouble-fête de l'enquête. Il les réduisait à un état larvaire proche du micro-organisme.

- Duharec, faites venir le sous-brigadier.

Instantanément, Pierre Martin déglutit d'un coup sec sa résistance. Il avala sa rancœur. Il cogita la rancune contre le système et ceux qui l'incarnaient. Il assouvirait plus tard son désir de vengeance. Dorman pouvait lire à travers lui comme dans un livre ouvert. Pierre Martin était empli de certitude flagrante.

Tu n'es pas prêt à sortir mon coco, pensa le commandant, en croisant l'appelé.

- Surveillez-moi ces deux lascars, nous filons avec la lieutenant en reconnaissance.

Bousculade dans le hall du commissariat.

La sortie précipitée des agents D, accompagnait par trois brigadiers, rivalisait avec la sortie des élèves un vendredi soir, départ de vacances scolaires. On s'interpellait ici, on se donnait du coude là, on irait presque à se congratuler si l'importance de la précipitation n'avait pas la grandeur de son équivalence concernant le forfait.

- Vous y croyez à leur récit, chef ? lança la lieutenant en montant dans la voiture de service.

- Je veux y croire par simplification, Duharec. C'est pourquoi je déploie le filet pour attraper le poisson avant qu'il ne fasse l'anguille. On va commencer par la brasserie. Avec les clients du matin, il sera ferré. Je possède un hameçon de taille avec le témoignage du gosse.

- Je suis d'accord avec vous.

- Merci, lieutenant. Assez de palabres. Fonçons.

Les sirènes des véhicules s'harmonisaient avec les gyrophares, bousculant les conducteurs pépères du week-end. Ceux-ci encombraient la circulation qui se densifiait en direction du marché. À croire que les pontissaliens s'étaient donné rendez-vous ce jour-là. Ils s'agglutinaient, capot contre plaque d'immatriculation, au risque de s'encastrer les uns les autres au changement de feu.

Devant l'impossibilité à manœuvrer dans l'embouteillage, Dorman s'engouffra dans une rue parallèle, avec, à sa suite, le cortège de lumière bleue. Il stoppa net sur une place de livraison, abandonnant les collègues, égoïstement. Il n'y avait pas une seconde à perdre. Il leur communiquerait leur avancée par téléphone.

Fermeture centralisée des portières.

Allongement du pas.

Course circonstancielle.

Brassard noué au bras.

L'entrée fracassante des deux D alarma le restaurateur qui se précipita afin de remédier à d'éventuels ennuis vis-à-vis de sa clientèle.

La requête du commandant Dorman fut brève. La réponse fut concise.

- Pas vu depuis mercredi, Monsieur l'officier. Il me lâche pendant la haute saison, juste à la reprise des écoles. Sans un message sur mon répondeur. Je ne comprends pas ce qui lui a pris. Il n'avait jamais manqué son service jusqu'à présent, sauf les jours de ses congés, bien sûr.

- Bien sûr. Et ses fréquentations ?

- Jamais vu. S'il rencontrait des gens, ce n'était pas dans mon établissement, je l'aurais remarqué. Prendre un pot sur son lieu de travail, c'est gênant pour l'employé et pour l'employeur.

- Quels étaient ses jours de repos ?

- Le jeudi et le vendredi. Nous sommes ouverts 7 jours sur 7, alors, forcément, il y a un roulement. Il avait choisi ces jours-là.

- La prière du vendredi ?

- Je ne sais pas. Il faudrait que vous demandiez à l'imam.

Dorman prit congé. Il se fia à son instinct. Il appela les collègues sur la fréquence pour leur ordonner de filer au domicile du suspect. Youssef Nasri semblait être en fuite. L'étau était en passe de se refermer sur l'individu.

- Allons à pied à la mosquée, Duharec. Elle se situe avant le pont.

Décidément, le sucre lui décuple son énergie, constata-t-elle en forçant l'allure. Je m'incline devant son ressort dynamique. Veillons à ce que son enthousiasme ne retombe pas comme un soufflet face à la déconvenue. Il n'a pas l'air, à le voir, le commandant, mais, moi, je sais qu'il peut s'effondrer suite à une élucidation avortée dans son élan.

La place Pagnier était déserte si on la comparait au centre-ville. Entourée par les anciennes casernes Marguet reconverties en bâtiments administratifs pour la plupart d'entre eux, la mosquée se situait à la gauche de l'impasse. Elle avait conservé ses fenêtres à barreaux. La salle avait été donnée par la municipalité en hommage à Philippe Grenier, natif de la ville. Médecin au XIXe siècle, il avait acquis une réputation de médecin des pauvres, suite à plusieurs voyages en Algérie et à l'étude du Coran. Converti à la religion musulmane par goût, par penchant, par croyance et nullement par fantaisie comme il l'avait souvent déclaré, il n'en fut pas moins conseiller municipal puis élu député en 1 896.

Aimé par les concitoyens, bien qu'il soit contre l'alcool au pays de l'absinthe, il restait encore dans la mémoire des anciens. Les vieux évoquaient autour d'un verre, cet homme à la barbe blanche, vêtu de son burnous et de sa gandoura qui faisait ses tournées à cheval.

Imprégné par l'atmosphère chargée d'histoires, Dorman cogna le heurtoir, Duharec sur ses talons. L'homme qui leur ouvrit portait une djellaba de couleur sombre, bordée d'arabesques assorties à ses babouches. À la vue du mot police qu'indiquaient les bras, il les fit entrer sans connaître le motif de leur visite. Il les reçut dans la salle de prière qu'il était en train de nettoyer lorsqu'ils avaient toqué à la porte.

- Bienvenue, leur souhaita l'homme en s'inclinant. Que me vaut cette visite matinale ?

- Nous sommes à la recherche de Youssef Nasri. Fréquente-t-il votre mosquée ? questionna le commandant en chaussettes.

- Oui, mais il n'est pas venu vendredi. Peut-être est il souffrant ? lui répondit l'imam, nus pieds.

- Je ne crois pas. Avait-il l'air nerveux ces temps-ci ?

- Nerveux, non, plus assidu dans ses prières, oui, assurément.

- Qu'est-ce qui vous fait dire cela ?

- Il arrivait tôt et partait tard ces temps-ci. Il était le premier à dérouler son tapis et le dernier à l'enrouler. Il réclamait souvent une explication approfondie d'un passage du coran. Il commentait les sourates. Il les lisait chez lui, me racontait-il.

- Se sentait-il investi d'une mission ?

- Je n'irai pas jusque-là. Sa foi était profonde, certes, comme beaucoup d'entre nous, d'ailleurs, au même titre que les catholiques. Il s'applique à respecter le ramadan, y compris pendant ses heures de travail, à la brasserie. Je l'encourageais, du reste, à être moins exigeant avec lui-même et avec la loi d'Allah. Il existe des accommodations pour certains métiers.

- Connaissiez-vous ses fréquentations ?

- Non, c'est un homme de 32 ans très secret. Il se livre peu. Il vit seul, sa famille est repartie vivre au bled lorsque le père a pris sa retraite. Il est le cadet de cinq enfants qui ne sont pas domiciliés dans la région. Il a deux frères qui se sont établis sur la côte, une sœur qui est à Paris et une autre en Bretagne, je crois. Ce sont ses parents qui m'avaient mis dans la confidence.

- Eh bien, nous vous remercions de votre obligeance. Voici ma carte avec ma ligne directe. Si vous le voyez, prévenez-moi, nous le recherchons.

- Je n'y manquerai pas. Que Allah vous guide et vous protège.

Dans la rue, les passants se faisaient plus nombreux. Les poireaux dépassaient des cabas gonflés de légumes que portaient les pontissaliennes. Les baguettes de pain se partageaient la faveur des boîtes en carton multicolore aux effigies du pâtissier qu'encensait Dorman. À chaque fois qu'il croisait l'objet de ses désirs, la tentation augmentait d'un cran à s'emparer des gâteaux convoités. Il salivait de gourmandise en avançant vers le domicile de Youssef Nasri, avec à ses trousses la lieutenant qui, une fois n'est pas coutume, peinait à le rattraper.

- Bon sang, chef, vous avez bouffé du lion ce matin. Je n'arrive pas à aligner ma cadence sur la vôtre.

- Je ne joggue pas, moi. Je pratique la marche nordique. J'ai du rythme dans les pattes. J'ai repris mes exercices hebdomadaires. Je n'ai pas toujours le temps de pratiquer autant que je le voudrais mais on dirait que ma persévérance paye, vous ne trouvez pas, Duharec ?

- Affirmatif. Vous nous avez bien eus, tout à l'heure, avec Jefferson.

- J'ai pris note que mon embonpoint creuserait ma tombe. Notre région est si belle qu'il serait dommage de ne pas en profiter. Tiens, puisqu'on en parle, je vous recommande cette promenade pour votre course à pied à travers bois. Je suis allé sur la montagne du Larmont. J'ai renoué avec mes racines, les ballades de mon enfance. Le cadre exceptionnel offre une vue panoramique incomparable de la ville. C'est fou ce qu'elle s'est agrandie avec les années. Bien que nous soyons en hiver, quand le ciel est dégagé, la vue est splendide. Ah, j'aperçois les brigadiers en faction sur le trottoir. Mais avancez donc, Duharec, avancez que diable !

La lieutenant s'essoufflait derrière son patron. Il s'était moqué d'elle et du légiste, seulement, cette vérité, elle avait le mérite d'être responsable de la forme olympique de son chef. Elle s'en réjouissait pour lui. Certes, elle lui avait concédé une avance au départ de la mosquée, une distance de quelques mètres ce qui avait rendu la gaîté à son boss. Dans une enquête aussi délicate, elle s'était juré que le moral de son supérieur resterait au beau fixe quel que soit le moyen employé. Elle mettrait tout en œuvre pour le conserver dans cette euphorie tempérée, en lutte contre la « mélancolie meurtriodramatique », terme qu'elle avait inventé un soir de spleen dormanien.

- Alors, le lièvre est-il dans son terrier ?

- Aucun son n'est audible du couloir, commandant.

- Absence de bruit présagerait que l'oiseau se serait envolé vers des contrées étrangères. Le tout est de savoir laquelle de contrée. Montons vérifier vos dires, collègues.

Gravissant les marches, à la queue leu leu, tous détaillaient la sinistre demeure. Sur le seuil, Dorman céda la place de leader à son second. La lieutenant frappa trois coups secs qui ébranlèrent les gonds de l'appartement. Elle tourna la poignée de la porte qui n'offrit aucune résistance. Ils purent ainsi pénétrer dans le studio.

L'endroit puait la tristesse, l'infortune, les larmes ravalées, le plat cuisiné du rayon frais jeté dans la poubelle avec les détritus et le surgelé réchauffé au micro-ondes. Le volatile avait fui la misère de sa solitude, abandonnant son téléphone portable. Des sacs de course vides traînaient sur le sol.

Dorman furetait l'un d'entre eux. Duharec s'empara d'un autre. Elle eut la main chanceuse de la ménagère avertie.

- J'ai une piste : un ticket de caisse datant du 6 janvier comprenant un pack d'eau minérale, du lait en poudre, des petits pots, des compotes et des couches.

- Le fumier ! Il avait prémédité son enlèvement. Je téléphone au QG pour qu'il signifie la garde à vue du Martin. Ça sent la complicité quoiqu'en dise « l'avocaillon ». On embarque les preuves à conviction et on se tire d'ici.

À peine eurent-ils posé le pied sur le bitume qu'une idée tourmenta Duharec.

- Que fait-on pour Van Briggen, patron ?

La phrase resta en suspens dans l'air. Dorman ordonnait ses réflexions.

- On l'évince des meurtres et on garde une oreille attentive côté Besançon. La profanation des tombes n'est pas résolue, on s'en occupera après. Allez récupérer la bagnole, Duharec, je rentre avec eux.

Il lui lança le jeu de clés en criant :

- Réflexes !

Parfois, son chef avait de drôles de manières, pensa la lieutenant.

Les Combes 9 h 15.

Tierce se finissait.

Le cardinal Luchini avait été sollicité par la mère supérieure pour célébrer une messe. Maligne, elle savait que les prêtres officiaient pour leurs propres comptes une célébration journalière. Il n'avait pu déroger à l'adjuration. Elle profitait de sa présence pour s'offrir un dimanche avant le dimanche sacré.

Face à l'autel, les nonnes étaient comblées. Elles s'éternisaient en pâmoison christique alors que son éminence souhaitait abréger le saint sacrement. Il avait commandé son taxi depuis une demi-heure et craignait que ce dernier ne trouve porte close. Il tendait l'oreille au-delà de la muraille. Les voix mélodieuses vibraient à l'unisson dans la nef. Les vitraux répercutaient les notes cristallines qui s'alanguissaient sur les bancs pour repartir à l'assaut des voûtes en croisées d'ogives.

Pourvu que leur chant ne couvre pas le klaxon, s'inquiéta-t-il. J'ai déjà raté le voyage d'hier, je ne compte pas réitérer aujourd'hui. Et vas-y qu'elles vont m'attraper le calice des mains. J'ai pigé. Elles ont choisi l'intégrale !

Un brin contrarié, le prélat consentit à tendre la coupe après l'hostie rompue en un nombre adéquate. Elle passa de bouche amoureuse en bouche attendrie. Lorsque son tour vint, il restait, dans le fond, à peine de quoi tremper les lèvres. Reconnaissantes envers son dévouement, les religieuses s'agenouillèrent pour la bénédiction. Elles imploraient La Trinité pendant que son éminence rangeait ses objets liturgiques dans sa valisette en tissu bordeaux.

Il les abandonna lâchement à leur dévotion. Il se dépêcha de retourner dans sa chambre, posa la valisette sur le secrétaire et emporta le fac-similé avec sa sacoche. Il courut en entendant l'appel strident de son chauffeur.

- Y a quelqu'un ?

- Je suis là, répondit le cardinal en ouvrant le vantail en fer forgé. J'attends le gardien pour fermer.

- Ne suis pas pressé, le compteur tourne, mon père.

- Cardinal Luchini. C'est moi qui vous ai téléphoné.

- Je reste dans la voiture, votre éminence. Je me gèle dehors.

- Pas de problème, je vous rejoindrai sur le parking.

Bon sang, où est-il ? se demanda le prélat. Je l'ai croisé dans la serre avant d'aller déjeuner. Je vais être en retard pour le commissariat. Cette matinée démarre en contretemps. Je sens que je vais devoir rattraper les secondes tout au long de la journée, soupira-t-il.

- Ah, vous voilà enfin !

- Je taillais les rosiers pour m'occuper l'esprit. Pas facile de se rendre utile, le cœur n'y est pas et pour ma femme, non plus.

- Je compatis, Monsieur Levy. Je me rends chez le commandant pour les instructions. Je descends à Pontarlier. J'emporte le document.

- Est-ce bien nécessaire ?

- Avons-nous le choix ?

- Non.

- Soyez rassuré. Il ne sera dévoilé que ce qui est. Dieu décidera pour nous.

- Après ces décennies de quiétude, pourquoi est-ce que c'est sur nous qu'incombe la charge ?

- La sérénité est fragile. Elle perdure peu à travers les siècles. Vous êtes bien placé pour savoir que les complots entravent son cheminement. Il nous appartient de détruire l'obstacle.

- Jacques est si jeune. Comment pourra-t-il combattre ?

- Malheureusement, je ne crois pas qu'il puisse, raison pour laquelle nous ne pouvons nous soustraire à l'aide sollicitée. Je ne me déroberai pas. Il est de mon devoir de m'immiscer dans leur enquête. Soyez courageux.

- Bonne route, Monseigneur.

Le cardinal Luchini regarda sa montre tandis qu'il s'installait à l'arrière de la Mercedes. La grande aiguille marquait la demie de dix heures. Le paysage défilait sans qu'il y prêtât attention. Son esprit était en train de s'égarer en de profondes pensées philosophiques.

Qu'est-ce qui pousse un homme à tuer s'il n'est pas militaire ou sous le coup de l'impulsion meurtrière ? Existe-t-il une justification qui force le cerveau à la perfidie ? Comment l'être humain bascule-t-il dans l'horreur de ses actes pervers, Seigneur ? Comment différencier le bien du mal si nous excluons l'éducation judéo-chrétienne reçue ? Le libre arbitre nous enjoint-il donc de sombrer dans les bas-fonds de l'enfer pour renaître dans le bien tel un phénix au plumage d'un blanc immaculé ? Que d'interrogations dans lesquelles s'insinue l'indécision ? Sois à mes côtés, Seigneur, dans l'exécution de ta volonté. Je serais ton humble serviteur.

Pontarlier 11 h 30.

Duharec s'était octroyé le luxe d'arriver en retard.

Méfiante, elle avait changé son itinéraire pour aller chercher de quoi se restaurer à son goût. Elle en avait assez des victuailles de Dorman. Elle avait eu l'envie soudaine de crudités en plein mois de janvier. Elle éprouvait le besoin de se remplir la panse de vitamines, de verdure, de tomates mûrissant dans les serres espagnoles, de poivrons dont les plans hors sol se régalaient de produits nutritifs à la composition chimique complexe. En bref, elle voulait de l'été dans l'assiette, ce midi, et pas un de ces plats où les particules de graisse véhiculaient les lipides à foison.

Tenant fermement les barquettes empilées en un équilibre précaire, la lieutenant s'engagea dans le couloir vers son bureau.

À travers la vitre, Dorman désapprouva sa démarche. Il avait une opinion affirmée sur le régime alimentaire qui se devait de satisfaire le corps. Il fit la moue en calculant le peu de calories qu'ingurgiterait sa collègue. Elle ne tiendra pas jusqu'à ce soir, pensa-t-il, en la voyant humer les plats. Si elle continue dans cette voie, elle intégrera la gent féminine qui se contente d'une pomme et d'un yaourt. Pas étonnant qu'elle flotte dans ses pull-overs à col roulé dont l'aisance est accentuée par ses pantalons slim. Les fringues colorées, parfois criardes, ne risquent pas de la serrer, elle, pas comme moi. Il faudrait que je perde encore cinq à dix kilos pour rajeunir.

La sonnerie de son téléphone le fit sursauter. Il décrocha avec l'air rageur de celui qui maudit l'importun. L'interlocuteur avait rompu la flânerie préprandiale.

- Qu'y a-t-il brigadier ?
- Un religieux désire s'entretenir avec vous.
- C'est exact. Je l'avais oublié, celui-là. J'arrive.

À l'attention du lieutenant, il exigea un rangement immédiat des denrées dans le frigo de la cuisine. Cet étalage était inconvenant dans un poste de police.

Avant qu'il ne quitte la pièce, elle le questionna au sujet de Pierre Martin.

- En cellule en attendant sa comparution immédiate chez le juge d'instruction. Son acolyte est parti lui éviter l'avocat commis d'office. J'ai aussi prévenu les parents puisqu'il est mineur. Le sieur de la Boissière ira leur tenir compagnie, c'est certain. Avant qu'ils déboulent, ayons une écoute attentive pour le clergé. Je reviens tout de suite, vous savez ce qu'il vous reste à faire.

Duharec ouvrit le tiroir central de son bureau et fit descendre, pêle-mêle, les barquettes en ayant pris soin de dégager un emplacement. La paire de ciseaux embrocherait, sous peu, les quartiers juteux bien rouges. Elle avait oublié les couverts en plastique chez elle. On ne peut pas tout prévoir à 6 heures du matin, surtout lorsqu'on change le sempiternel menu pour un festin inespéré.

Dorman s'effaça devant le cardinal Luchini pour lui proposer un siège. Il fusilla du regard sa collègue. Il n'était pas dupe : la périlleuse pile d'emballage n'avait pas pu quitter les lieux aussi rapidement.

Contre mauvaise fortune, il arbora un sourire tendu. Il engagea la conversation d'une voix mielleuse.

- Qu'aviez-vous de si important à me communiquer qui nécessitait, impérativement, votre déplacement depuis Rome ?

- Sa Sainteté s'inquiète pour l'enfant.

- Nous avançons à pas de géant depuis votre appel d'hier. Nous envisageons une piste : celle du kidnapping. Le mobile est encore flou mais il tend à se préciser.

- En lisant ceci, il sera catapulté vers la vérité, votre mobile, commandant.

Le cardinal Luchini engagea ses doigts dans la poche intérieure de son veston. Il prit la feuille solennellement et la tendit à Dorman.

Circonspect, le commandant prit connaissance du contenu. Il tendit, à son tour, le papier à Duharec.

La lieutenant hochait la tête en parcourant les lignes. Les lettres dansaient dans son cerveau tellement la lecture lui paraissait invraisemblable. Elle dut se persuader qu'elle n'était pas la proie à une hallucination collective.

Trois personnes immobiles et silencieuses dans un bureau de la police nationale.

Le cardinal Luchini attendait, stoïque. Dorman réfléchissait, intrigué. Duharec lisait la feuille pour la deuxième fois, pensive.

Coupant court à l'immobilité ambiante, le commandant proposa de déjeuner dehors, ce que déclina poliment la lieutenant, prétextant la surveillance du jeune détenu.

12 h 15.

Le restaurant était loin d'être bondé. Le rush de midi n'avait pas déversé la foule d'affamés franche comtois. Les tables rondes recouvertes de nappes roses étaient loin d'être occupées. Un chandelier à cinq branches trônait sur une commode à l'entrée pour planter le décor. Les verres à pieds finement ciselés, imitation cristal de Bohème, apportaient une touche vieille France que complétaient les couverts en argent et les assiettes en faïence bleue. Sur les murs, des portraits d'illustres inconnus en tenue d'apparat datant des siècles passés regardaient les convives comme autant de soldats prêts à servir la royauté. Quelques plantes de taille moyenne agrémentées de lys structuraient les emplacements et procuraient l'illusion d'un bivouac chargé d'une royale noblesse.

Confortablement installés dans un angle de la salle, les deux gourmets avaient opté pour le plat du jour local : la saucisse de Morteau à la cancoillotte.

Appréciant la bonne chère, le prélat se délectait d'un Arbois servi frais en guise d'apéritif. Il retrouvait les arômes de fleurs, de pommes et d'agrumes décrits sur l'étiquette du domaine de ce chardonnay, ancré dans le terroir jurassien. Fin et élégant, le vin émoustillait son palais pendant que Dorman mémorisait le texte de la feuille qu'il avait gardé sur lui.

« Traversant les âges, défiant les éléments terrestres, celui qui est, dévoile ses bienfaits aux portes de l'oubli où se loge la Grande Vérité perdue en terre de feu, pour l'aveugle qui voit. En ces temps troubles, an de grâce 1296, nous, Jacques de Molay, Grand Maître de l'Ordre du Temple de Salomon, avons confié l'enfant aux pauvres dames, là où tout a commencé, afin que se poursuive l'ultime quête jusqu'au jour où lui sera venu le temps d'affronter ses peurs. Protection sera, pour les ans à venir, par la cordelette consacrée. Du sceau des cavaliers jumeaux, copie fut faite pour Rome, à son excellence, le cardinal Giuseppe, afin d'instruire le Grand Commandeur. Que Dieu nous fasse miséricorde et nous garde en son sein. »

- J'en déduis que le bijou du camion est la cordelette, Monseigneur, annonça le commandant en montrant au cardinal une photographie prise avec son téléphone portable.

- C'est exact.

- Il faut m'en dire plus si vous voulez que nous retrouvions le gosse.

- Vous n'êtes pas sans savoir que la Turquie fût un des berceaux de notre religion, particulièrement en Edesse où naquit Abraham et où fût enterrée sa femme Sarah. À l'époque, la cité se situait au carrefour routier de l'Arménie, de la Mésopotamie et de la fosse Syrienne.

- Peut-être, je ne suis pas fort en géographie.

- Je poursuis. Après la crucifixion de Jésus, les écrits conservés dans notre bibliothèque pontificale relatent qu'un homme important du Sanhédrin donna de l'argent au soldat qui se trouvait au pied de la croix pour récupérer le corps au lieu d'être mis dans une charrette avec les autres crucifiés.

- C'est vous qui le dites.

- On retrouve la descendance en Mésopotamie puis en Europe jusqu'au passage du parchemin. La trace est perdue lors de la révolution française, refaisant surface dans l'abbaye en 1791, puis à Dammartin les Templiers. Pourchassée par les nazis en 1940, la descendance fut confiée à l'abbaye Notre Dame de la Grâce Dieu.

- La Gestapo était après elle ?

- Je viens de vous le raconter.

- Eh, zut !

- Qu'y a-t-il, commandant ? Un problème ?

- Oui, et pas des moindres. J'avais écarté du scénario la piste nazie, me concentrant sur le Youssef Nasri, suite à ma rencontre avec l'imam.

- C'est fâcheux.

- Très. La serveuse nous apporte les assiettes. Mangeons, cardinal, c'est la police qui régale. Nous reprendrons cette discussion en avalant un café gourmand. Mon raisonnement s'éclaircira lorsque j'aurais le ventre plein.

Accordant son geste à ses paroles, Dorman s'empara de sa cuillère à soupe et inonda copieusement les morceaux de saucisse avec le fromage fondu.

Les Combes 17 h 00.

Le cardinal Luchini paya son taxi.

Avait-il été à la hauteur ? Confident peu volubile, sa confession avait dérouté le policier au cours du repas. Il l'avait rendu à sa nervosité coutumière. Tel un navire cherchant son cap dans la tempête des conséquences insolubles, Dorman se retrouvait seul, de nouveau, à tenir la barre des causes insolites. Le cardinal se culpabilisait de s'être déchargé du fardeau. Tel était le souhait du Vatican, il en était le simple exécuteur.

Croisant la mère supérieure, il déclina l'invitation pour complies et celle du souper. Il désirait s'abandonner à la profondeur de sa conscience dans cette chambre à l'image du Christ : une simple couche. Son humour légendaire se taisait. À genoux sur le carrelage froid, les mains jointes sur sa croix pectorale, il priait le Seigneur et son Dieu.

Pontarlier 18 h 00.

- La journée s'achève, Duharec. Bon boulot. Votre initiative pour disculper le jeune Martin a été appréciée par le juge. Sans cette information, l'adolescent dormirait au violon, cette nuit. Comment se fait-il qu'il est omis de nous préciser que Youssef Nasri était droitier alors que lui est gaucher ? Même le copain, BCBG sur les bords, ne l'avait pas notifié dans sa pseudo-plaidoirie.

- La tétanisation due à notre spécificité : la crainte du poulet, compléta la lieutenant.

- Certainement. Heureusement que l'avocat a mentionné cette judicieuse remarque. On n'instruit pas qu'à charge quoiqu'en dise le public.

- Oui, et ses parents ont été compréhensifs après le débriefing avec Jefferson pendant votre absence. Ils ont accompagné leur fils au tribunal sans porter de jugement préalable. Il faut dire que le gamin ne s'en sort qu'avec une mise en examen et un suivi psychologique en attendant le procès.

- Il sera condamné à la prison avec sursis, vu le dossier, car son aide a permis de recentrer le problème. Plions bagage, Duharec, je fatigue avec ces rebondissements. D'autant que les chiens ont servi à rien.

- On n'est pas toujours chanceux, chef.

- La chance, il va en falloir des tonnes, demain. Quatre jours de passés, ce soir.

- Pas de cadavre, pas de crime, patron. Gardons l'espoir.

- J'aimerais posséder votre enthousiasme, lui répondit Dorman en attrapant son manteau su le perroquet. Il avait le pas traînant du pessimiste.

Quatre jours, marmonnait-il sous les étoiles en prenant la direction du parking. Quatre jours...

XI

Je m'habitue aux odeurs.
Je n'aime pas ce qu'il me donne.
Le goût est différent.
Je vais recracher la bouillie.
Je vomis.

Dimanche 11 janvier.
Les Combes 6 h 00.
Assisté par le prêtre de la paroisse, le cardinal Luchini avait profité de prime pour célébrer la liturgie dominicale, au grand bonheur de ses ouailles. Les parents Levy s'étaient joints aux religieuses. L'assemblée se recueillait en silence depuis l'homélie. Les deux ecclésiastiques avaient choisi, d'un commun accord, le passage biblique tiré de la première lettre de Pierre :

« Soyez bien éveillés, lucides ! Car votre ennemi, le diable, rôde comme un lion rugissant, cherchant quelqu'un à dévorer. Résistez lui en demeurant fermes dans la foi. Rappelez-vous que vos frères, dans le monde entier, passent par des souffrances identiques. Vous aurez à souffrir encore un peu de temps. Mais Dieu, source de toute grâce, vous a appelé à participer à sa gloire éternelle dans la communion avec Jésus-Christ : il vous perfectionnera lui-même, vous affermira, vous fortifiera et vous établira sur de solides fondations. À lui soit la puissance pour toujours. »

Revêtu d'une simple dalmatique empruntée au chanoine du diocèse, les phalanges blanchies de serrer sa croix pectorale, le prélat était à cent lieues d'imaginer que les mots qu'ils venaient de prononcer avaient leurs homologues sur les ondes dans un langage similaire.

Pontarlier 6 h 30.

Le commissariat était en effervescence. Le personnel présent commentait la vidéo qui était diffusée depuis l'aube sur le net. Elle en surprenait plus d'un, excepté Dorman et Duharec dont les sens se manifestaient par une alerte maximale. Ils révélaient à leur entourage une tension hautement palpable. Leurs gestes trahissaient leurs émotions grandissantes.

- Salopard ! tonna Dorman en abattant son poing fermé sur la table de travail de sa collègue, faisant sauter en l'air les stylos-billes dans le porte-crayon.

Ce qu'il voyait à l'écran l'horrifiait. Un bambin se tenait assis par terre, habillé d'une longue tunique qui lui couvrait les membres inférieurs. La caméra s'attardait sur le visage en pleurs de l'enfant puis remontait lentement vers son kidnappeur habillé de couleur noire dont le visage était enveloppé d'un turban qui laissait entrevoir les yeux. Des yeux noirs, glacials et froids que Dorman reconnut aussitôt pour les avoir déjà vus sur le portable de Pierre Martin. Il ne présumerait pas. Il affirmerait à ses supérieurs que c'était Youssef Nasri. Il regardait le petit Jacques apeuré. Le môme ne semblait pas avoir été maltraité. Il était donc en vie ce qui, en positivant, était un profond soulagement. On avait du mal à distinguer quelque chose dans cet endroit mal éclairé où seule une fenêtre dévoilait le monde extérieur. On devinait une ville avec des minarets qui pointaient leurs sommets vers les nuages. La voix de l'homme en noir couvrait celle du muezzin.

« Tremblez, peuple sans foi, car le djihad est victorieux. Il appliquera la loi du prophète. Il écrasera par son pouvoir les fausses écritures : votre Talmud, vos évangiles, vos dieux et déesses. Celui qui s'y opposera, périra sous son joug. Par celui qui nous a été rendu, la grandeur d'Allah sera sans limite. Le règne islamique franchira vos frontières par la puissance de la force. Femmes, baissaient la tête devant votre Supérieur. Hommes, rejoignez-nous car dans les brumes de l'ignorance est apparue la Vérité. Craignez le courroux de votre nouveau guide. »

- Youssef Nasri est un salaud altruiste, persuadé d'apporter aux hommes, le bonheur qu'ils recherchent en supprimant les libertés. Il tue son propre doute car il est animé d'une certitude dans laquelle sa raison défaille, expliqua Jefferson qui venait d'arriver, contribuant par son diplôme universitaire en psychologie à dresser le profil du tueur. Je diagnostiquerai un caractère paranoïaque avec comme traits principaux la surestimation de soi et la fausseté du jugement, assorti de mégalomanie excessive.

- L'implication de l'acte se retourne sur le clergé, déduisit Dorman. Il lui incombe aussi de réparer la faute. L'heure est grave, j'appelle la cellule antiterroriste de Paris et vous, lieutenant, sommer le cardinal de rappliquer dare-dare. À lui aussi de patauger dans la merde autant que nous.

Les ordres du commandant sont très explicites, reconnut Duharec. Il n'endossera pas seul la responsabilité de l'affaire. Au moins, nous pouvons définitivement écarter la piste de Van Briggen pour ce coup-là.

Duharec rangea machinalement les objets qui avaient été déplacés par son chef, vérifia l'heure affichée sur l'écran de son ordinateur et jugea opportun de déranger son éminence au cours du petit-déjeuner monacal.

Les Combes 7 h 30.

- Je quitte le couvent, ma mère. Le Saint-Père approuve. Je préfère assister la brigade en restant sur Pontarlier.

- Tenez nous informer de vos découvertes.

- Éloigner les parents des médias. Ils sont suffisamment éprouvés.

- Le monde extérieur ne franchira pas ces murs, je vous le garantis.

- Que la paix soit avec vous, ma mère.

- Et avec vous, Monseigneur.

Le cardinal Luchini emportait dans sa valise la garantie qu'il avait tu : celle d'un papyrus vieux de deux millénaires prophétisant la survie de l'humanité.

Pontarlier 8 h 15.

- L'équipe de Paris débarque au grand complet dans quarante-cinq minutes. Elle voyage en hélicoptère. Il faut aller la chercher à l'héliport. Qui s'en charge ? demanda Dorman à ses collègues.

Deux brigadiers se portèrent volontaires, heureux d'être investis d'une mission aussi palpitante. Assister les fins limiers parisiens était une aubaine qui ne se reproduirait peut-être plus dans leur carrière. Leur décision enchantait la lieutenant qui souhaitait visionner de nouveau la vidéo.

Elle tira sa chaise et commença à scruter les images en cliquant régulièrement sur le bouton pause. Soudain, une lueur d'espoir anima son visage. Elle ne s'était donc pas trompée. L'image devenait nette dans son cerveau. Le visuel ne lui était pas étranger.

- Chef, je sais où il est.

- Qui ça, Duharec ?

- Le gosse. Il est à Istanbul.

- Vous en êtes sûre, lieutenant ?

- Certaine. J'ai eu un doute au début car le compte des minarets n'y était pas. En faisant défiler les prises de vue de la vidéo et en zoomant un maximum sur la fenêtre, je n'en avais compté que quatre. Après avoir effectué un retour en arrière, j'ai remarqué le changement d'angle de la caméra et là, j'ai repéré les manquants, le cinquième et le sixième. Après vérification, je certifie qu'il s'agit bien de la Mosquée Bleue construite au début du XVIIe siècle par le sultan Ahmet 1er. J'y suis allée en voyage touristique il y a deux ans. Je l'ai visitée, la mosquée. Je la reconnais très bien.

- Comprenez que votre interprétation est décisive pour la tournure de l'enquête. Vous n'avez pas le droit de vous tromper. Ce serait trop grave se s'engager sur une fausse piste maintenant. Il est capital d'avoir raison.

- Je ne me trompe pas, chef. J'ai encore les photos dans la galerie de mon LG. Regardez.

De l'index, La lieutenant chercha la preuve de ses dires. La photographie était sans équivoque. Soulagé, le commandant contemplait l'évidence. Il se retourna en découvrant le cardinal Luchini dans l'embrasure de la porte. Absorbés par les recherches, les deux D n'avaient point remarqué sa présence.

Il se tenait les bras ballants, sa valise à ses pieds et sa mallette posée dessus, la phrase au bout des lèvres.

- Bonjour. Je suis à votre disposition. J'ai quitté le couvent pour séjourner dans votre charmante ville.

- Vous tombez à pic, éminence. Ne défaites pas vos bagages, nous sommes sur le point de lever le camp. Une séquestration à Istanbul vous paraît-elle plausible, cardinal ?

- Avec ce que j'ai vu ce matin comme des milliers d'internautes, assurément. Istanbul, ancienne Byzance, ancienne Constantinople, fut d'abord de religion chrétienne et juive avant de devenir musulmane. À cheval entre l'Europe et l'Asie, ses vestiges en sont un témoignage poignant des cultures précédentes. Elle représente le symbole de la conquête par les sultans qui se sont succédé à partir du XVe siècle.

- Ce qui appuie ma thèse du profil psychologique de notre meurtrier, répliqua Jefferson qui revenait du distributeur de boissons chaudes, un énième café dans le gosier.

- Elle authentifie le message que votre kidnappeur divulgue en ce moment, approuva le cardinal.

- Si la brigade antiterroriste est d'accord avec vos théories, nous serons dans un avion d'ici ce soir, assura Dorman.

Istanbul 18 h 22.

L'amabilité turque n'avait pas failli à sa réputation. Trois voitures blanches, à l'inscription Polis, stationnaient proches d'un hangar, les moteurs mis en route, prêtes à partir.

Dès que l'avion eut atterri sur le tarmac de l'aéroport Atatürk, l'équipe désignée pour la coopération prit en charge les policiers étrangers.

Le décalage horaire n'affectait en rien Dorman, Duharec et le cardinal Luchini. En revanche, le commissaire Goirond de Paris accusait la fatigue de ses insomnies dues à sa fonction. Il accepta, provisoirement, que les pontissaliens assurent le relais au cours de la réunion cruciale pour l'ouverture de la chasse à l'homme Youssef Nasri.

Leurs confrères turcs n'avaient pas chômé, eux non plus, pendant leur vol. Ils avaient pu identifier la provenance de l'adresse IP de l'ordinateur qui avait émis la vidéo. Elle provenait d'un cybercafé localisé dans la vieille ville. Le renseignement était fiable. L'heure coïncidait avec le signalement d'un homme, la trentaine, ayant loué le computer environ trente minutes. Il avait ensuite quitté l'établissement et s'était engagé ensuite dans la rue grimpant vers le cimetière. Sachant que le commerce n'était ouvert que le dimanche matin, les policiers n'avaient pu visionner les caméras de surveillance. Ils le feraient demain ce qui arrangeait tout le monde. Chacun se souhaita le bonsoir après s'être restauré.

20 h 45.

Duharec regardait, à travers la baie vitrée de sa chambre, les spots éclairant la tour de Galata. L'hôtel du Bosphore, où elle logeait avec ses coéquipiers français, se trouvait sur la place. Les lumières projetaient vers les arcades du monument un halo jaune orangé qui encerclait le haut de la tour, couronne dorée dans l'obscurité de la nuit, dépassant les immeubles avoisinants. Le calme de cet endroit retiré contrastait avec les sonorités bruyantes du centre-ville. Debout depuis l'aurore, elle se glissa dans les draps soyeux pour un sommeil récupérateur. Elle se détendit à l'évocation que ses comparses étaient en train d'apprécier, eux aussi, cette agréable sensation.

XII

Pourquoi je ne vois plus son visage ?

J'ai faim.

Je pleure d'avoir mal au ventre.

Je dois avaler la cuillère.

Lundi 12 janvier.

Istanbul 8 h 00.

Le réveil fut une félicité comparée à celui de la veille.

Entassée dans la voiture qui les conduisait au commissariat turc, coincée entre le cardinal Luchini et Dorman, la lieutenant Duharec reniflait une odeur particulière. Ne voulant accuser personne, et surtout pas le conducteur étranger, elle se hasarda à interroger ses acolytes.

- Qu'est-ce qu'on sent ?

- Du comté, s'exclama Dorman, enthousiaste.

- Quoi ? Mais ce n'est pas vrai, chef, dites-moi que je rêve ! Vous n'avez pas embarqué du fromage dans vos bagages ?

- Il fallait bien que j'innove, Duharec. Où voulez-vous que je me procure des beignets dans ce pays dont j'ignore les us et coutumes ? J'ai pris les devants. J'ai avisé afin de ne pas être déçu par les autochtones.

Enchanté par la remarque qui ne le blessait nullement, le commandant extirpa fièrement de la poche de son manteau un sac en plastique transparent rempli du fameux fromage enveloppé dans du papier aluminium.

- Je me suis préparé des morceaux. J'ai opté pour le 12 ans d'âge. Plus jeune, il est moins gustatif. Plus vieux, je n'ai pas osé, à cause du parfum qu'il aurait dégagé. Le 36 est un peu trop typé, comme à Paris, et il est corsé l'ancêtre. Le 24, il est pas mal. Il fallait trancher le dilemme, j'ai préféré embarqué celui-ci. Vous voulez goûter ? proposa le commandant en plongeant la main dans le sac.

- Sans façon, pas après le succulent café, lui répondit Duharec.

- Je goûterai bien volontiers votre spécialité, remercia le cardinal.

- Faites-vous plaisir, j'en ai tout un stock dans ma valise.

Bonjour le parfum des fringues, se disait intérieurement Duharec. En voilà une idée de célibataire. J'espère qu'il a songé à les enfermer dans une boîte hermétique. C'est un minimum.

Les deux hommes salivaient à côté d'elle. Ils mastiquaient lentement, savourant chaque bouchée pendant que la femme s'extasiait sur l'architecture du pays. Chacun trouvait son bonheur selon ses désirs.

9 h 13.

Le gérant du cybercafé avait été formel.

Ils avaient ainsi pu identifier Youssef Nasri.

Forts de leurs analyses en un temps record, ils s'étaient divisés en deux groupes, arpentant la rue qui menait au cimetière musulman.

Arrivés en haut de la bute, le moral commença à flancher. Les trois policiers turcs, qui marchaient avec eux, rendaient la population du coin méfiante. Elle était avare de renseignements.

Ils stoppèrent devant la grille du cimetière pour se concerter.

De là, ils pouvaient apercevoir des tombes plus ou moins à l'abandon. Des herbes folles poussaient au milieu des dalles mortuaires. Certaines d'entre elles atteignaient la hauteur des monolithes blancs sales, gravés de signes d'origine arabe. La plupart de ces blocs penchaient dangereusement, à l'image de nos stèles catholiques.

Exempts de portraits, ils évoquaient des statues de pierre rectangulaires dont l'ordre avait dû être, jadis, un parfait alignement.

Dorman regardait ailleurs. Il observait un vieillard dans la rue adjacente qui se tenait au milieu d'un dépotoir constitué par une carcasse de sommier à ressorts, des cartons d'emballage trempés d'humidité, des troncs d'arbres entassés et des sacs de gravats. Le trottoir servait de déchetterie dans cette rue peu passagère, coutumière d'une vie sociale où la pauvreté s'excluait d'elle-même des lieux touristiques. Le vieil homme soulevait un tas de planches. Il cherchait l'idéale, celle dont le bois n'avait pas gonflé avec la pluie et ne présentait aucun nœud. Il s'absorbait à trouver son trésor.

Le commandant fit signe à l'interprète de venir avec lui. À deux, ils seraient moins impressionnants.

Continuant son inspection, l'homme leva les yeux vers le policier turc qui lui montrait la photographie de Youssef Nasri. Dans une société où il vaut mieux se taire et ne pas entraver le chemin d'autrui, il tourna la tête vers la droite, désignant une maison délabrée. Ce n'était pas encore une ruine mais elle pouvait le devenir.

Une partie des murs était effondrée ainsi que le toit. Ce qui restait était en grande détresse. La demeure pleurait sa richesse perdue du temps où elle abritait une noble famille. Aujourd'hui, le squat avait l'œil borgne avec son carreau cassé remplacé par un carton. Les volets ne fermaient plus depuis longtemps, en attestaient les lamelles qui pendaient. Les murs extérieurs étaient accoutrés d'affiches déchirées en guise de parement.

Dorman vit qu'un rideau bougeait. Il poussa le portail rouillé. Il perçut les pleurs étouffés d'un enfant en bas âge. Il enfonça la porte d'un coup d'épaule. Les gonds cédèrent sous la force de sa rage. À cet instant précis, il ne regretta pas d'avoir repris ses randonnées pédestres. Sa force lui était rendue.

Ses collègues le rejoignirent afin de le seconder. Les deux Turcs se déployèrent dans le jardin avec le cardinal tandis que le commissaire parisien et Duharec pénétrèrent dans la maison. Ils dégainèrent leurs armes. Ils entendirent Dorman qui interpellait le suspect.

- C'est fini, Youssef Nasri. Rendez-vous, vous êtes cerné.

Ce que découvrirent les officiers de police était ahurissant.

Le criminel tenait l'enfant par la taille. Il l'avait soulevé de terre et l'appuyait contre sa hanche gauche. Il ne le menaçait pas bien qu'il eut un poignard dans sa main droite. Il semblait solliciter une action divine qui tardait à se manifester. Il ne comprenait pas cette attente. Du statut de propagandiste à celui de recruteur puis à celui de maître, il avait servi avec fidélité. Il se complaisait dans ce qu'il avait accompli. Pourquoi ? se demandait Youssef Nasri. Pourquoi m'abandonnes-tu ? Avait-il cherché dans la mauvaise direction ? S'était-il fourvoyé depuis le début ? Il laissait à ses frères le soin de trouver celui qui serait le meneur de son peuple. Il préférait être un martyre plutôt que d'être juger en tant que criminel.

Brutalement, il lâcha l'enfant qui roula sur le sol et se mit à geindre, conscient que des cris seraient inappropriés. De celui qui a l'habitude du maniement des armes blanches, Youssef Nasri se trancha la carotide, s'entaillant l'oreille droite. Il s'était fait justice. Il s'effondra sur le matelas qui servait de couche à l'enfant Lévy. À la vue du sang qui giclait encore, le bambin poussa un cri percent qui alerta le cardinal Luchini. Ce dernier accourut et emporta Jacques loin de la sinistre scène. Le scénario funèbre avait eu une fin tragique sans autre forme de procès.

Dehors, sous les arbres décharnés, ils écoutèrent l'appel du muezzin. L'enfant s'était calmé.

XIII

Je hume son parfum.

Les bras me bercent tendrement.

Je suis bien.

Mardi 13 janvier.

Les combes 9 h 00.

- Comment va l'enfant, Luchini ?

- Bien, votre Sainteté. Il est auprès de sa famille.

- Ne vous pressez pas pour rentrer. Rester le temps qu'il faudra. A-t-il souffert ?

- Le traumatisme subit ne l'affecte guère. Il est toujours aussi souriant. Il a fait ses premiers pas en tendant les bras vers le chœur pendant les vêpres. Un signe divin, ne croyez-vous pas, votre Sainteté.

- Certainement, Luchini, certainement, répondit le pape en raccrochant.

Rome 10 h 30.

Le pontife tapa un autre numéro.

- Grand Commandeur de l'Ordre de Saint Jean de Jérusalem, c'est moi. Je vous ai communiqué les événements récents. Nous devons redoubler de vigilance et veiller, désormais, à ce que le descendant ne subisse pas le même sort que l'autre. Je n'ose imaginer quelles en auraient été les conséquences. Le leurre du demi-frère, Jude, a fonctionné, mais pour combien de temps encore ?

- Reste le papyrus prophétisant la descendance du Christ vivant, pour la survie de l'humanité.

- Notre dernière cartouche. Le pouvoir divin réclame une surveillance perpétuelle. La paix soit avec nous.

- Dieu n'a jamais laissé tomber l'homme, votre Sainteté.

Pontarlier 11 h 00.

Duharec tapait le rapport sur son ordinateur.

- Qu'est-ce que j'écris comme mobile pour les meurtres, commandant ?

Il n'y eut pas l'ombre d'une hésitation chez le commandant Dorman qui répondit sur un ton incisif :

- Noter : islamisation d'un enfant sous prétexte de détention d'un pouvoir divin.

Bibliographie

101 Merveilles du Doubs de Pierre Dornier, éditions du Belvédère, 2011

Un pays vue du ciel, le Haut Doubs, de Pierre Dornier, éditions du Belvédère, 2011

La Franche-Comté de André Besson, éditeur Centre, 2002

Table des matières

I	9
II	30
III	42
IV	62
V	79
VI	85
VII	103
VIII	105
IX	128
X	163
XI	200
XII	210
XIII	217

MIXTE
Papier Issu
de sources
responsables
Paper from
responsible sources
FSC® C105338